INFERNO Band 3

Macht der Toten

Der Autor

Marcel Feige, geboren 1971, lebt als Schriftsteller in Berlin. Bücher von ihm sind unter anderem *Tattoo-Theo, Der Tätowierte vom Kiez* (2001), *Extrem* (2003), *Wa(h)re Lust* (2004) und *Lude!* (2005).

Für das Buch *Nina Hagen. That's why the lady is a punk* erhielt er den renommierten Corine International Buchpreis 2003.

www.Marcel-Feige.de

Besuchen Sie das Haus der Fantastik im Internet:

www.Festa-Verlag.de

Marcel Feige

INFERNO

Macht der Toten

Roman

FESTA

1. Auflage März 2007
Eine Festa Originalausgabe

Titelbild: F. Fiedler
Druck und Bindung: CPI Moravia Books s.r.o., Pohorelice

ISBN 978-3-86552-036-4

»Was auch immer passiert, vergessen Sie nicht:
Der Tod ist nicht das Ende.«

Wes Craven

Prolog

»Ihr solltet beide tot sein!«

Die Stimme klang leise an mein Ohr, trotzdem war sie klar und deutlich zu verstehen. Sie kam mir bekannt vor, doch es wollte mir nicht gelingen, sie einer Person meiner Erinnerung zuzuordnen. Der Schock über den Unfall lähmte meinen Verstand. Seit mein Schädel dem Stopp-Schild begegnet war, tobte ein Donner hinter meinen Schläfen. Und da war noch etwas, was mir das Denken schwer machte: der kurze Hauch des Todes, der mich gestreift hatte.

»Denn ihr habt mich belogen!«, schimpfte die Stimme.

Ich konnte nicht anders. Ich hob meinen Kopf. Erneut jagte der heiße Schmerz durch meinen Nacken und von dort durch meinen ganzen Leib. Doch ich ignorierte den wütenden Protest, drehte den Kopf in Richtung der Stimme.

»Du bist schuld an ihrem Tod!«

Ich weiß nicht, wen ich zu sehen erwartete. Meinen gütigen Engel? Die blonde Frau mit der weißen Kleidung, auf deren Jacke ein kleines rotes Kreuz eingestickt war, hatte sich längst von mir abgewandt, ebenso wie die Schaulustigen. Sie drängten sich einige Meter entfernt um etwas, das sie mit ihren Schuhen, Stiefeln, Röcken und Hosen vor meinen Blicken verbargen.

Ein Stück weiter, jenseits der Straße, verbarg sich eine Gestalt unter den Bäumen. Obwohl die Augen des Mannes in den düsteren Schatten der Äste und Blätter verborgen lagen, spürte ich, wie er die Pupillen auf mich richtete. Er interessierte sich nicht für das dramatische Geschehen am Unfallort. Er brauchte nicht hinzuschauen, weil er ganz genau wusste, was dort geschah. Doch woher?

Ich vergaß die Frage. Ein Gesicht schob sich in mein

Blickfeld. Es war mein Vater, der neben mir kniete. War er es, der zu mir gesprochen hatte? Aber wieso hätte er solche Dinge sagen sollen?

Die Notärztin erhob sich und löste sich aus der Menschenmenge. Mit einer enttäuschten Handbewegung wischte sie sich den Straßendreck von der Hose. Sie sah meinen Vater an. Dann schüttelte sie den Kopf.

»Wo ist Mama?«, presste ich über meine Lippen.

Mein Vater lächelte gequält. Ich wiederholte meine Frage. Er antwortete nicht. Der traurige Blick der Notärztin, der mich streifte, war Antwort genug. Der Schmerz, der jetzt über meinen Leib hinwegfegte, war schlimmer als jede physische Pein.

Auf einmal stellte sich auch die Erinnerung an den Stoß, den jemand mir verpasst hatte, wieder ein. Mir und meiner Mutter.

Mit rudernden Armen stolperte ich über die Straße, griff nach einem Halt, der nicht an meiner Seite war. Ein Wagen nahte. Ein Ford, dessen Scheinwerfer mich wie die Augen eines Wahnsinnigen fixierten.

Plötzlich stießen mich Hände energisch beiseite. Ich stolperte, blickte überrascht zurück. Meine Augen weiteten sich, als ich sah, wie die Stoßstange erst meinen Retter erwischte, dann meine Mutter, die noch immer auf dem staubigen Asphalt kniete, wohin man sie gestoßen hatte. Für sie kam jede Rettung zu spät.

Die Wahrheit war: Meine Mutter war ermordet worden. Und ich hatte mit ihr sterben sollen. Mein Vater wusste das. Doch wie konnte er behaupten, ihr Tod sei meine Schuld? Ich war doch noch ein Kind.

Eine Stimme wisperte: *Es geht immer nur um die Kinder.*

Auch diese Stimme war mir wohlbekannt. Doch der tiefere Sinn ihrer Worte wollte nicht mehr zu mir durchdringen. Eine gewaltige Explosion betäubte mein

Trommelfell. Dem Knall folgte ein rasender Sturm. Ich spürte mörderische Hitze, ein Höllenfeuer, das mich verzehrte und vor dem es kein Entrinnen gab. Ich ließ meinen Kopf zurück auf den Asphalt sinken. Sollte der Tod mich doch holen. Ich hatte ihn verdient. Denn auf einmal fühlte ich mich tatsächlich schuldig.

Sonntag

Berlin

»Ich bin schwanger.«

Chris' Worte lagen im Raum wie ein Paar zu großer Schuhe, die sie Philip zugeworfen hatte, in der Hoffnung, sie passten ihm vielleicht. Doch dessen Blick wanderte verwirrt zum Fenster.

Inzwischen war der Sonntag angebrochen. Die wohl schlimmste Woche in Philips Leben verabschiedete sich auf leisen Sohlen. Doch ein Ende des Winters war nicht in Sicht. Die Kälte verwandelte die kahlen Bäume in fahle Skelette, gefror den Schnee auf den Gehwegen und Straßen zu einem halsbrecherischen Parcours. Selbst die Luft schien unter dem Frost zu einer eisigen Nebelwand zu erstarren.

Das Wort *schwanger* dagegen wollte in Philips Schädel alles andere als greifen. Er hatte mit vielem gerechnet. Zum Beispiel einem handfesten Streit. Einer Trennung. Oder aber der Versöhnung. Es gab nichts, was er sich sehnlicher wünschte. Doch stattdessen: *Ich bin schwanger.*

Er schauderte, als habe der Jahrhundertwinter einen Weg in das Zimmer gefunden. *Scheiß auf die Meteorologen,* hatte Ritz gesagt, der alte Künstler, der im Park von »Bonnies Ranch« gehockt hatte, während die Schneeflocken ihn und seine dicke Daunenjacke wie ein Leichentuch bedeckt hatten. *Wir wissen es besser. Das ist kein Winter. Das ist etwas, das ... viel schlimmer ist.* Hatte er das tatsächlich gesagt?

Der Heizkörper unter dem Fensterbrett gab ein behäbiges Gluckern von sich. Die Wärme, die dem gerippten Stahlblech entströmte, heizte das Wohnzimmer auf, umgarnte Philip. Er gab ihrem verführerischen Charme nach und die Kälte fiel von ihm ab.

Chris im Sessel gegenüber sagte keinen Ton, er vernahm

nur ihr vertrautes gleichmäßiges Atmen. Die Montagnacht kam ihm in den Sinn, als seine Freundin in der kleinen Kreuzberger Wohnung in seinen Armen gelegen hatte, ihre nackte verschwitzte Haut an seinen Körper gepresst. Während sie einschlief, hatte er glücklich ihren Atemzügen gelauscht.

Die Ereignisse, die seitdem über ihn hereingebrochen waren, kamen ihm mehr denn je unwirklich vor. Vielleicht war alles nur ein Albtraum gewesen, ein kurzer wirrer Tagtraum, wie er einen manchmal aus heiterem Himmel überfiel. Wenige Minuten später erwachte man mit einem Blinzeln, und die Welt war wie zuvor. Warm, gemütlich und vor allem sicher.

Philip saß in der Wohnung seiner Freundin, so wie er es die vielen Monate zuvor immer wieder getan hatte. Sie würden sich in den Armen halten. Musik hören. Einen Joint rauchen. Herumalbern. Vielleicht eine Pille einschmeißen. Irgendwann miteinander schlafen, ohne einen Gedanken an den Winter da draußen zu vergeuden, an Schwangerschaften und Kinder oder gar den Tod. Das lag alles so weit weg. Sie waren doch noch jung.

Er schaute zu Chris. Die Tränen auf ihren Wangen waren Realität. So sehr er es sich auch wünschte, seine Welt war – anders als in seinem Wunschtraum eben – nicht mehr warm, nicht gemütlich. Und am allerwenigsten sicher. Wieder kroch eine Gänsehaut über seinen Körper.

Er hätte Chris jetzt gerne umarmt, auch weil er ihr Trost spenden wollte, aber noch mehr, um sich selbst zu vergewissern, nicht allein zu sein. Er wollte zur Ruhe kommen, Kraft tanken, nur ein bisschen. Doch er war unsicher, ob sie seine Nähe zulassen würde. *Das wäre schön, aber ich glaube nicht, dass das noch geht.* Er wusste nicht einmal, ob er sie berühren konnte, ohne erneut von einer schlimmen

Vision attackiert zu werden. Zu sehen, wie sie starb, das hätte er nicht ertragen können.

Also blieb er auf seinem Platz. Er hockte auf dem schmalen Couchrand, den Rabea ihm ließ. Die Katze machte keinerlei Anstalten zu verschwinden. Auf einmal war das Gefühl übermächtig, dass er jeden Augenblick von der Sofakante auf den Boden hinabrutschen würde, wo das Parkett sich öffnen und ihn wie in einem bösen Trip verschlingen würde.

Die Stille war unerträglich. Nicht einmal Rabea schnurrte mehr. Philip sagte: »Bist du dir ...?«

»Was?«, fiel ihm Chris sofort ins Wort. Mit einer harschen Bewegung strich sie sich eine ihrer braunen Haarsträhnen hinters Ohr. »Was willst du fragen?«

Philip biss sich auf die Zunge. Er war so ein Narr. »Ich meine ...« Er räusperte sich. »Also, ich wollte wissen, ob du dir sicher bist, dass du schwanger bist?«

Chris lachte auf. Der Ton, der dabei über ihre Lippen kam, klang wie ein heiseres Schluchzen. Eine weitere Träne rann ihre Wange hinab, ohne dass sie sich die Mühe machte, sie mit dem Taschentuch abzutupfen. Gerne hätte er ihr die salzige Perle weggewischt. Doch in ihren blauen Augen lag jener Blick, den er normalerweise nicht leiden konnte. Jetzt hätte er alles dafür gegeben, ihn auch in Zukunft ertragen zu dürfen. Denn es wäre ein Zeichen dafür gewesen, dass sie nach wie vor zusammengehörten.

»Nein«, sagte Chris und ließ den Kopf hängen. »Das ist nicht das, was du mich fragen wolltest, oder?«

Er hielt die Luft an. Sie hatte recht. Abermals ärgerte er sich über seine eigene Dummheit.

»Du wolltest wissen, ob ich sicher bin, dass das Kind von dir ist?« Sie ließ ihm keine Zeit zu antworten. »Du bist dir bewusst, was du mir damit unterstellst?«

»So war das nicht gemeint.«

»Wie denn dann?«

Er öffnete den Mund. Dann schloss er ihn wieder und schwieg. Die Heizung blubberte vor sich hin, ein verhaltenes Glucksen, als machte sie sich über ihn lustig.

Er schloss die Augen. Was sollte er erwidern? Er wusste es nicht. Er war gekommen, um mit ihr über alles zu reden, was ihm widerfahren war. Es gab so viel, was er ihr erzählen wollte. Damit zwischen ihnen wieder alles so wurde, wie es mal war. Doch stattdessen hatte sie ihm eröffnet, dass sie ein Kind erwartete.

Verflucht! Ja, es wäre ihm lieber gewesen, wenn sie ihm einfach gestanden hätte, dass sie fremdgegangen sei. Und dass das Kind von diesem Typen wäre.

Einige Worte schlängelten sich in sein Bewusstsein. *Es geht immer nur um die Kinder.* Das hatte sein Vater gesagt. Aber was bedeutete es? Nichts geschah ohne Grund, so viel hatte er inzwischen verstanden, und deshalb war ihm klar, dass das Kind von ihm sein *musste.* Als hätte er nicht schon genug Probleme.

Er hob die Lider. Chris saß ihm gegenüber, vermied es aber, ihn anzusehen. Er folgte ihrem Blick. Sie starrte auf seine Hände, die fahrig an Rabeas Fell zupften.

Philip kam sich vor wie Ritz, der an seiner Daunenjacke friemelte, verzweifelt und nervös, als erledige er eine überlebenswichtige Arbeit. Oder eine Aufgabe, mit der man erfolgreich vor den Geistern der Vergangenheit flüchten konnte.

Rabea wurde der Berührungen überdrüssig. Sie erhob sich, gähnte, streckte ihren dünnen Katzenkörper und sprang vom Sofa. Mit erhobenem Schweif stolzierte sie in die Küche. Philip sah ihr nach und fühlte sich dabei schuldig. Es gab keinen Grund dafür. Er hatte sie nicht von der Couch vertrieben. Aber natürlich ging es nicht um die Katze, sondern um Vorfälle, an denen er sehr wohl

Schuld trug. Auch wenn er inzwischen bereit war, sich das einzugestehen, wurde die Kluft zwischen ihm und seiner Freundin mit jeder Minute größer. Nichts würde wieder so werden, wie es war. Die Vorstellung verkrampfte ihm den Magen. Er brauchte Chris. Andernfalls würde er enden wie Ritz. In der Psychiatrie.

»Wir müssen eine Lösung finden«, sagte Chris.

»Natürlich«, entgegnete er versöhnlich. »Es ist ja auch mein Kind.«

»Ja«, sagte sie und klang jetzt wesentlich ruhiger. »Das ist es.« Leise fügte sie hinzu: »Es tut mir leid.«

Mit einem Ruck erhob er sich. Für einen Moment blieb er still stehen, überrascht von der Entschlossenheit, die ihn plötzlich beseelte. Dann umrundete er den Tisch und baute sich vor seiner Freundin auf. Das war sie doch noch, oder? Er musste die Antwort jetzt erfahren.

»Chris, ich ...«, begann er und holte Luft. Er beugte sich zu ihr herab. Ganz nahe, bis ihre Nasen sich beinahe berührten. Ihre blauen Pupillen musterten ihn. Blau wie ein tiefer, unergründlicher See. »Es gibt nichts ...« Der Geruch ihres Parfüms kam ihm in die Nase. Seine Stimme verlor sich so schnell wie seine Entschlossenheit. »... nichts, wofür du dich entschuldigen musst.«

Er wartete. Sie sah ihn an. Aber sie rührte sich nicht. Nicht eine kleine Geste. Nicht einmal ein Wimpernschlag. Irgendwann sagte sie nur: »Ich weiß.« Erst dann senkte sie die Lider. »Trotzdem tut es mir leid.«

Dabei schüttelte sie den Kopf. Ihr schulterlanges braunes Haar wippte neckisch. Zumindest kam es ihm so vor, weil der Hauch einer Erinnerung ihn streifte. Er hätte schreien können.

Chris sagte: »Philip, nach Dienstagnacht ... ich sagte dir schon ...« Sie hustete. Er dachte an die Vergewaltigung. »Gib mir einfach etwas Zeit, okay?«

Gib mir noch Zeit! Das waren jene Worte, mit denen Paare einander trösteten, weil sie sich die Wahrheit nicht eingestehen wollten. Die Wahrheit war: Zeit besaß er am allerwenigsten. Er erinnerte sich an das Versprechen, das er Kommissar Sebastian Berger in der Rechtsmedizin gegeben hatte, nur wenige Meter neben der Leiche seiner Großmutter. *Geben Sie mir Zeit. Nur ein bisschen Zeit.* Um dem großen Plan auf die Spur zu kommen. Er hatte keine Ahnung, wie er diesen Beweis liefern konnte. Er war noch so weit von einer Antwort entfernt, von *allen* Antworten.

Chris schien zu spüren, dass er sich mit ihrer Antwort nicht zufriedengeben wollte. Doch sie war nicht geneigt, über mehr zu reden. »Es ist spät«, erklärte sie. »Ich bin müde. Die letzten Tage ... das Baby ... das kostet mich viel Kraft.« Sie rutschte an ihm vorbei aus dem Sessel. »Ich glaube, ich möchte mich hinlegen.« Langsam folgte sie der Katze in die Küche. Bevor sie die Tür hinter sich ins Schloss drückte, sah sie noch einmal zurück.

Philip deutete ein Kopfnicken zum Fenster an. Schneefall hatte wieder eingesetzt. Der Treptower Park verschwand hinter einer dichten weißen Wolke. »Kann ich nicht bis morgen früh hierbleiben ... auf der Couch?« Freudlos scherzte er: »Ich schnarch auch nicht.«

Chris schenkte ihm ein schwaches Lächeln. Ein bisschen Hoffnung. »Meinetwegen kannst du auf dem Sofa schlafen.«

Irgendwo

Es war noch schlimmer als beim letzten Mal. Da waren wenigstens die Hinterlassenschaften einer längst vergangenen Zivilisation zu erkennen gewesen, bleiche Steinkörper, blasse Ruinen. Die niedergerissenen, zerbombten Zeugnisse waren zwar ein grausiger Anblick gewesen, aber zumindest hatten sie einen Hinweis darauf gegeben, dass sie sich noch auf der Erde befanden, in einer zwar zerstörten, aber doch vertrauten Welt.

Jetzt gab es keine Spur mehr davon. Ein Orkan war über die Welt hereingebrochen, hatte alles fortgeschleudert, vielleicht an einen unbekannten besseren Ort. Es war schön, dies zu glauben.

Doch tatsächlich hatte sich nur das Rad der Zeit weitergedreht. Die Überreste der Apokalypse – und nichts anderes als ein Armageddon musste hier geschehen sein – waren verfallen, zerfressen von den nagenden Zähnen eines eisigen Frostes, der nichts mehr übrig gelassen hatte außer Staub und Schnee.

So weit ihre Augen reichten, sahen sie nur eine weite weiße Fläche, in der sich das finstere Antlitz des Himmels spiegelte. Für den Moment wirkte es friedlich, beinahe romantisch. Schnee, kilometerweit nur Schnee, weiß wie die Unschuld. Aber auch das war nur eine trügerische Hoffnung, und das wussten sie. Unter der verführerischen Decke lauerte das Verderben. Eine Eiszeit.

Es war kalt hier, grimmig kalt. Der Wind wehte, nicht sehr stark, aber doch so, dass der Frost beständig an ihren Leibern zu nagen schien. Wie lange würden sie seinen gierigen Klauen noch widerstehen können?

Sie fassten sich an den Händen, schlossen die Finger um die des anderen.

Auch wenn sie nicht wirklich wussten, wer sie waren, das

Einzige, was ihnen noch Hoffnung gab, war, dass sie einander hatten.

So standen sie eine ganze Weile, atemlos und staunend, verwirrt und voller Angst. Endlich stellte sie die Frage, die sie beide seit ihrem ersten Aufeinandertreffen in dieser beklemmenden Ödnis bewegte: »Was habe ich hier zu suchen?«

Gerne hätte er ihr eine Antwort gegeben. Aber welche? Er drückte ihre Hand, eine Geste aus Trost und Trauer, die mehr sagte als Worte.

Weiter vorne rührte sich etwas. Erst konnten sie nicht glauben, was sie sahen. Es war ein Kind. Ein Mädchen? Ein Junge? Es war noch zu weit entfernt, um das erkennen zu können.

Es schritt auf sie zu und lachte dabei. Was gab es an diesem gottverlassenen Ort zu lachen? Aber es war doch nur ein Kind, noch weit davon entfernt zu begreifen, was um es herum geschah. Es stapfte einfach nur durch den Schnee, unbeholfen, wie es kleinen Kindern zu eigen ist, drohte dabei mehr als einmal umzufallen.

Jedes Mal zuckten sie zusammen. Aber sie eilten dem Kind nicht entgegen. Sie warteten. Das Kind kam näher.

Kurz bevor es sie erreichte, wirbelte Schnee vor ihren Füßen auf. Es war ein seltsames Spiel, das der Wind trieb. Immer mehr Flocken hüpften empor, wuchsen zu einer riesigen Säule, hinter der das kleine Kind verschwand. Sie wollten ihm etwas zurufen, doch aus ihren Mündern kamen keine Worte. Kein Schrei. Nicht der kleinste Laut.

Der tobende Schnee formte eine Gestalt. Sie streckte ihre Arme nach ihnen aus, griff nach ihnen. Sie versuchten zu fliehen, doch sie blieben auf der Stelle stehen, als wären ihre Füße zu einem Teil der Schneedecke gefroren.

Eine eisige Hand berührte sie beide. Noch viel kälter als diese Welt, in der sie gefangen waren. Auf einmal begriffen sie: Sie waren verloren. Auch sie beide würden sterben, ohne je erfahren zu haben, wer sie waren, was sie hier machten, wohin es sie trieb – und was das Kind von ihnen wollte. Sie würden nichts daran ändern können. Es war ihr Schicksal. Jetzt endlich löste sich der Schrei aus ihren Kehlen und ...

... Philip presste unwillkürlich die Hand zwischen die Lippen. Statt des Schreis löste sich nur ein ersticktes Gurgeln aus seiner Kehle. Langsam zerfielen die Bilder vor seinen Augen. *Zu Staub und Asche und Schnee.* Ein Frösteln schüttelte seinen Körper. Ein schauderhaftes Gefühl, weil klammer Schweiß ihm das T-Shirt an die Haut klebte.

Er rappelte sich aus der Decke hervor, die einem Strick gleich um seinen Körper geschlungen war, und erhob sich vom Sofa. Sofort kam Rabea aus der Dunkelheit herangetapst, schmiegte sich schnurrend an seine Beine. Sie hatte ihm das Fellzupfen von vorhin bereits verziehen.

Er wartete einige Sekunden, bis sich seine Augen an die Dunkelheit im Raum gewöhnten. Durch das Fenster fiel nur wenig Licht herein. Die Berliner Nacht war von einem teigigen Weiß verschluckt. Das Schneegestöber hatte noch immer nicht seinen Höhepunkt erreicht.

Leise schlich er zum Kühlschrank, entnahm ihm einen Apfelsaft und trank direkt aus der Flasche. Ihm war, als spülte er dabei auch den schalen Geschmack seines Traumes hinunter. Für eine Weile stand er nur so da, starrte ohne einen Gedanken in das Zwielicht der Küche. Beruhigt stellte er den Saft schließlich zurück in den Kühlschrank und wischte sich über die Stirn. Sie war noch immer klitschnass.

Aus dem Wohnzimmer stahl sich das Gluckern der Heizung, seinem unterdrückten Schrei nicht unähnlich. Sofort kehrte die Erinnerung an den Traum zurück. Was war das für eine Welt, die sich immer wieder, in immer kürzeren Abständen, in seinen Schlaf schlich? Und wer war die Frau, die sich dabei stets an seiner Seite befand? Noch mehr Fragen, auf die er keine Antworten fand.

Vielleicht war der Traum nur die Summe der Ereignisse, mit denen er seit Tagen konfrontiert wurde. Hieß es nicht, das Unterbewusstsein verarbeite Erlebnisse in Träumen? Ja, so musste es sein. Er ahnte, dass er sich damit selbst betrog. Aber es war ein gutes Gefühl, wenigstens irgendetwas erklären zu können.

Auf dem Weg zurück zum Sofa blieb er stehen. Die Tür zu Chris' Schlafzimmer war nur angelehnt. Ob sie schlief? Unvermittelt drängte es ihn, noch einmal mit ihr zu reden. Ihr endlich alles zu erzählen. Und ihr zu sagen, dass er ihr alle Zeit dieser Welt einräumte. Ihr und dem Baby, das in ihr wuchs. *Seinem* Baby.

Er trat an die Tür heran und lauschte in das Zimmer. Kein behäbiges Knarzen der Matratze, nicht einmal ein Rascheln der Bettdecke, nichts, was darauf hindeutete, dass sie sich vielleicht schlaflos herumwälzte. Er wollte sie nicht wecken. Deshalb kehrte er zurück zur Couch, legte sich unter die Decke, zog sie bis ans Kinn und schloss die Augen.

Er gähnte, doch er konnte nicht wieder einschlafen. Da war dieser Traum, den er fürchtete. Und da waren Gedanken an Chris, die in seinem Kopf kreisten. Er legte sich noch einmal seine Worte zurecht, mit denen er sie am Morgen begrüßen würde. Dann rollte er sich auf die Seite. Bis zum Morgen würde er einen Großteil seiner Argumente vergessen haben. Er wälzte sich auf dem Sofa herum. Das Gefühl, jetzt mit ihr reden zu wollen, wurde übermächtig.

Er stand erneut auf, durchquerte den Raum. Die Dielen knarrten unter seinen Füßen. Erst kurz vor ihrer Schlafzimmertür blieb er stehen. Jetzt kam er sich unglaublich dämlich vor. Es war doch alles gesagt. *Gib mir einfach etwas Zeit, okay?* Er machte die Vergewaltigung nicht besser, wenn er sie mitten in der Nacht überfiel, ihr erklärte, dass er ihrem Wunsch nachkommen wolle, weil er sie liebte, weil er sie brauchte. Die Vernunft sagte ihm, dass er sie jetzt nicht bedrängen durfte. Eine Stimme wisperte höhnisch in sein Ohr: *Vergiss die Vernunft! Alles, was dir derzeit passiert, übersteigt den Verstand.*

Schweigend horchte er in die Nacht, während Rabea sich schnurrend an ihn drückte. Er machte kehrt und kroch erneut unter die Decke. Seine Augen fielen ihm zu. Er wehrte sich gegen die Müdigkeit. Aber er hatte die letzten Tage zu wenig geschlafen, als dass er irgendetwas gegen die starke Hand des Schlafes ausrichten konnte. Er dachte noch: *Schlaf nicht ein!* Da war er bereits eingedämmert.

Als er erwachte, lag Chris neben ihm. Zuerst glaubte er an einem Traum, einen angenehmeren diesmal. Aber dann spürte er ihre Hand, die weich und warm auf seiner Wange lag und die Haut streichelte. Reflexartig zuckte er zurück.

Chris schaute ihn befremdet an. »Was hast du?«

Er hielt in der Bewegung inne. Chris hatte ihn berührt, ohne dass ihn eine Vision heimsuchte. Auch kein Albtraum. Erleichtert antwortete er: »Nur ein schlechter Traum.«

»Das habe ich gemerkt.«

Für einen Augenblick schwiegen sie. Sie sahen einander an. Ihre Augen musterten ihn. Tiefe blaue Augen, in denen er sich gerne verlor. Und Chris ließ es zu. Ein überraschender Moment der Zweisamkeit. »Schön, dass du hier bist«, sagte er.

»Warum folgst du nicht deinem Herzen?«

»Was meinst du damit?«, fragte er, obwohl er ganz genau wusste, was sie ihm bedeuten wollte.

»Warum bist du nicht zu mir ins Zimmer gekommen?« Sie lächelte. »Denkst du, ich habe nicht gehört, wie du hier drüben Runden gelaufen bist wie ein Tiger im Käfig?«

»Ich dachte ... ich meine ... du schläfst, und ich wollte dich nicht wecken.«

Sie ging nicht darauf ein. Wieder verfielen sie in ein Schweigen. Aber es war nicht unangenehm wie vorhin im Wohnzimmer. Im Gegenteil.

Rabea sprang aufs Sofa, erklomm die Decke, die über ihre Körper ausgebreitet lag, schärfte ihre Krallen an dem Stoff. Irgendwann rollte sie sich zu einem Haarbüschel zusammen und schlief ein. Es war beinahe wie früher. Angenehm und vertraut.

»Weißt du«, begann Chris, »ich erkenn dich nicht mehr wieder.« Es lag kein Vorwurf in ihrer Stimme, nur Traurigkeit.

Er hätte lachen können und gleichzeitig heulen. Er selbst erkannte sich und sein Leben nicht mehr wieder. Aber das entschuldigte nicht sein Verhalten ihr gegenüber.

Vielleicht war jetzt der Zeitpunkt gekommen, um zu erzählen. Von den Visionen. Seinen Fähigkeiten. Seiner Großmutter. Michael. Ritz. Vielleicht auch von Anita Berber. Hanussen. Der kleinen Lisa. Und seinem eigenen Kind. Denn es ging immer nur um die Kinder.

Chris schien zu spüren, dass ihm etwas auf der Zunge lag. »Willst du mir nicht erzählen, was los ist?«

»Das würde ich gerne, glaub mir, aber ...« Er zögerte. »Aber das ist nicht so leicht.«

»Versuch es einfach.«

»Ich kann nicht«, sagte er, und das war nicht gelogen. Er konnte nicht erzählen, nicht in diesem Augenblick, wo er in ihrem Arm lag, ihre Wärme spürte, die Nähe und Vertrautheit, die er so vermisste. Wenn er jetzt zu erzählen begann, von allem, was ihm auf dem Herzen lag, würde das diesen sagenhaften Moment zerstören. Er wollte ihn einfach nur genießen. Deshalb sagte er: »Nicht jetzt.« Hastig fügte er hinzu: »Bitte.«

»Wann denn dann?«

»Später.«

Sie verzog das Gesicht, erhob sich mit einem Ruck, und der Moment zerfloss wie Schweiß auf klammer Haut. Sie wandte ihm den Rücken zu, als sie sagte: »Dann komm wieder, wenn du es kannst.«

Berlin

Schleppenden Schrittes kämpfte Jakob Kahlscheuer sich durch das beißende Schneetreiben heim. Im Grunde war die Pfarrei nur eine Obhut, die ihm die Kirchengemeinde seit Jahren stellte. Aber war es deshalb seine Heimat?

Während er sich diese Frage nicht zum ersten Mal stellte, bog er in die Zufahrt zu dem kleinen Klinkerbau, der sich im Schatten der gründerzeitlichen Altbauten der Nachbarschaft duckte. Es hatte den Anschein, als beugte sich das Pfarramt furchtsam vor dem tobenden Unwetter.

Es war sein Domizil, das ihm Nachtruhe gewährte. Vergleichbar mit dem Asyl des Obdachlosenhilfevereins am Bahnhof Zoo, das er einmal im Monat aufsuchte, um einen Gottesdienst für die armen Schlucker Berlins auszurichten. Vielleicht war das der richtige Ausdruck für das Pfarrhaus: ein Domizil. Nicht mehr. Nicht weniger.

Kahlscheuer griff nach dem Schlüsselbund in seiner Jackentasche. Mit einem schmerzhaften Ziehen verweigerten seine Finger den Befehl. Er presste die Zähne aufeinander und verdoppelte die Anstrengung. Obwohl ihm lausig kalt war, brach ihm der Schweiß aus. Er bot alle Kräfte auf, die in seinem greisen Körper steckten. Sein Gesicht verzog sich zu einer Grimasse. Doch die Schlüssel bekam er nicht zu fassen.

Ein Mann tauchte wie aus dem Nichts neben ihm auf. Er trug einen dicken Wintermantel mit Fellbesatz, hinter dem ein Großteil seines Gesichtes versteckt war. Die weinrote Baskenmütze allerdings gab ihn als Marco Giacomoto zu erkennen, einen Portugiesen, der seit mehr als 30 Jahren in Berlin lebte, ein treues Mitglied der St.-Clara-Kirchgemeinde.

»Pastor Kahlscheuer«, krächzte Giacomoto, der im vergangenen Jahr den Lungenkrebs besiegt hatte, und kam noch näher heran. Kahlscheuer konnte seine heisere Stimme kaum verstehen. »Ist alles in Ordnung mit Ihnen?«

»Natürlich«, antwortete Kahlscheuer ebenso laut. Er wollte sich den Schnee aus dem Gesicht wischen, bekam aber nicht einmal mehr die Hände aus der Jackentasche. Seine Arme waren steif, hingen von seinem Körper wie nutzloser Ballast. *Nichts ist in Ordnung.*

Er war die letzten paar Stunden durch die Nacht geirrt, immer seinem Ziel hinterher bis zu einer Adresse am Treptower Park. Dort hatte Kahlscheuer gestanden und gewartet, bis Schnee wie Nebel über die Stadt gezogen war. Mit dem Sturm war die Vernunft zurückgekehrt. Was hatte er hier zu suchen? Was hatte er sich erhofft? Nun, eine Antwort auf die Frage, welches Geheimnis der Junge verbarg. Und darauf, warum seine Großmutter hatte sterben müssen.

Doch der Junge hatte, nachdem er in der Gerichtsmedizin gewesen war und sich im Anschluss mit seinem Kumpel in einer der unzähligen In-Kneipen Friedrichshains getroffen hatte, nur seine Freundin besucht. Ein tröstender Abschluss des Tages. Kahlscheuer dagegen war sich, je mehr die eisige Kälte in seine arthritischen Gelenke gekrochen war, wie ein Voyeur vorgekommen, ein mieser Gauner, der Böses im Schilde führte. Aber das war er nicht. Er war nur ein einsamer Mann auf der Suche nach ... Ja, wonach eigentlich? Nach Erleuchtung? Er hätte gelacht, wären die Schmerzen in seinen gichtigen Knochen nicht so stark gewesen. Vor drei Dutzend Jahren, als er vor dem Papst niedergekniet war und seine Weihe empfangen hatte, da hatte er geglaubt, er sei erleuchtet worden. Doch seitdem war viel Dunkelheit aufgezogen. Eine Finsternis, die sich in den letzten Tagen noch verstärkt hatte.

»Was kann ich für Sie tun, mein Lieber?«, fragte er Giacomoto.

»Aber Herr Pastor, die Messe ...« Der alte Mann sah ihn an, als habe Kahlscheuer den Verstand verloren. »Es ist Zeit für den Gottesdienst.«

Kahlscheuer verfluchte sich. Es war Sonntagmorgen. Zeit für die Morgenandacht. Er hatte sie vergessen. Aber war das ein Grund zur Sorge? Er bezweifelte, dass bei diesem Sturm viele Menschen den Weg zur Kirche fanden. Schon an normalen Tagen waren die Holzbänke vor dem Altar nur spärlich besetzt. Selbst beim monatlichen Gottesdienst im Obdachlosenasyl am Bahnhof Zoo war üblicherweise mehr los. Wenn auch nur, weil es im Anschluss an die Messe eine warme Mahlzeit gab.

Er spähte durch die wild wirbelnden Schneeflocken zur Eingangspforte des Gotteshauses. Der kleine Vorplatz lag verlassen. Offenbar war Giacomoto der Einzige, der den beschwerlichen Weg zum Frühgottesdienst auf sich genommen hatte, das letzte verbliebene Schäfchen der St.-Clara-Gemeinde. Das Ausbleiben der Menschen zu seinen Gottesdiensten war ein Zeichen für seinen Misserfolg, für sein Versagen als Hirte Gottes.

»Geht es Ihnen wirklich gut?«, fragte Giacomoto besorgt.

»Ja, natürlich.« Es klang heftiger als beabsichtigt.

Der alte Mann tat erschrocken einen Schritt zurück. Er rümpfte die gerötete Nase, die zwischen den Fellbesätzen hervorlugte. »Sind Sie sich sicher?«, hakte er dann nach. »Ich habe den Eindruck ...«

»Verflucht, ja doch, es geht mir gut!«

Diese plötzliche zornige Eruption wirkte Wunder. Kahlscheuer spürte den Schmerz in seinen Gelenken nicht mehr und bekam die Schlüssel zu fassen. Erleichtert riss er den Arm aus der Tasche. Fast hätte er den Schlüsselbund wie eine Trophäe in die Höhe gereckt. Im letzten Moment besann er sich, öffnete die Tür und eilte ins Innere des Pfarrhauses. Auch wenn es kein Zuhause war, in diesem

Augenblick war er dankbar für die Wärme, mit der das Gebäude ihn empfing.

»Pastor Kahlscheuer!«, rief Giacomoto ihm hinterher.

Doch da knallte Kahlscheuer ihm bereits die Tür vor der Nase zu. Schnaufend lehnte er sich an die vertäfelte Wand im Flur. Es war ein angenehmes Gefühl, für einen Augenblick keine Schmerzen zu spüren. Und ja, es war ebenso gut gewesen, seiner Wut freien Lauf zu lassen.

Die Luft roch muffig und abgestanden, doch das war er gewohnt. Das Gebäude war alt, stammte aus den 50er-Jahren. Aber es war warm. Und still. Die Haushälterin würde erst am Montagmorgen wieder ihre Aufwartung machen.

Er legte die Jacke ab und hängte sie an den Kleiderständer. In der nächsten Sekunde fand er sich auf dem Boden wieder. Die Krämpfe kehrten mit einer Wucht in seinen Leib zurück, dass die Extremitäten jeden Dienst einstellten. Er wälzte sich im Schmutz seiner Schuhe auf den Fliesen. Das war schlimm genug. Doch noch viel erniedrigender war, dass er die Gewalt über seine Blase verlor und der Urin sich in seine Unterhosen ergoss.

So schnell die Attacke ihn überwältigt hatte, so schnell war sie vorbei. Er war froh, dass der Überfall hier drinnen passiert war, nicht draußen im Beisein von Giacomoto. Aber eigentlich war es ihm egal. Auch so rannen ihm Tränen der Scham über die Wangen, während er seinen geschundenen Körper aufrichtete.

Mit steifen Knochen schleppte er sich in die erste Etage, wo sich seine Wohnung befand. Er wankte ins Bad, entkleidete sich, stellte sich unter die Dusche und ließ das heiße Wasser über seinen Körper rauschen. Es trieb die letzten Nachzügler der Krämpfe aus den Gliedern. Bis zum nächsten Anfall.

Während er sich abtrocknete, sah er in den Spiegel. Ein aschfahles Gesicht erwiderte den Blick. Die Haut war durchzogen von roten aufgeplatzten Adern, die Nase angeschwollen. Die Schultern dagegen waren eingefallen, sein Brustkorb dürr und knochig. Auf den Armen breiteten sich blaue Flecken aus, die ihn noch tagelang an seinen Sturz erinnern würden.

Vor langer Zeit hatte dieser Körper vor Kraft gestrotzt, damals, als er seinen Eltern auf den Feldern im Brandenburger Land geholfen hatte. Dort war seine Heimat gewesen, die Bauernkate seiner Eltern, ein wirkliches Zuhause. Aber diese Zeit war unwiederbringlich vorbei. Nach dem Tod seiner Eltern war der Hof verkauft worden, weil weder er selbst noch Kahlscheuers Geschwister Interesse an Rüben, Kühen und Treckern gehegt hatten. Heute bestellte ihn ein Landwirt, der das Haus einreißen und anstelle dessen eine moderne multifunktionale Scheune hatte bauen lassen. Seine Wohnung lag ganz woanders.

Geblieben waren Kahlscheuer die Erinnerungen. Außerdem eine hinterhältige Krankheit und viele Fragen, auf die er, sosehr er sich auch bemühte, keine Antworten fand: Wer war er? Was wollte er? Was war seine Berufung? Und warum ausgerechnet er?

Er machte es sich im Bett bequem, so gut es eben ging. Wenn Gelenke so steif wie das Eis draußen vor der Tür waren, man sich kaum bewegen konnte und das Aufstehen wie jeden Tag eine Tortur zu werden versprach, wurde Bequemlichkeit zu einem unbezahlbaren Luxus.

Wie ein Leichentuch spannte sich die Decke über seinem kranken Körper. Vielleicht war es besser, wenn er starb. Er hielt sich die Hand vors Gesicht. Die kleine Nachttischlampe enthüllte Klauen, faltig und verkrümmt. War er nicht schon längst tot?

Warum ausgerechnet ich?

In seiner Zeit als Priester in Berlin war ihm diese Frage

oft gestellt worden. Denn wenn das Schicksal es nicht gut mit den Menschen meinte, suchten sie verzweifelt nach einer Antwort auf die Frage, warum es ausgerechnet sie erwischt hatte. Warum unterwarf Gott sie einer solchen Prüfung?

Nie war er um eine Antwort verlegen gewesen. Er hatte ihnen von Gott erzählt. Er zitierte die Bibel, in der niemals behauptet wurde, das Leben sei einfach. Hatte Jesus nicht einmal gesagt: »Ich bin der Weg und die Wahrheit und das Leben. Niemand kommt zum Vater als nur durch mich.« Und fürwahr, Jesus' Leben war ein steiniger Weg gewesen.

Seit Kahlscheuer selbst diesen Pfad beschritt, versagten die Formeln, die die Bibel bot. Es durfte ihn daher nicht verwundern, dass die Kirche von St. Clara sich nicht mehr füllte. Er konnte von den Leuten schlecht verlangen, dass sie ihm auf seinem Weg folgten, wenn er selbst blindlings durch die Nacht stolperte. Mit einem Anflug von Erheiterung dachte er daran, selbst eine dieser verlorenen Seelen zu sein, von denen der junge Philip Hader gesprochen hatte. Vielleicht waren nicht die Toten gemeint, sondern die Lebenden, die ohne Gott an ihrer Seite durch die Welt irrten.

Das brachte seinen Gedanken zurück zu Eleonore Berder, und das Lächeln erstarb auf seinen Lippen. Denn Haders Großmutter war vor seiner Tür, der Tür der Kirchengemeinde, gestorben. Nein, sie war umgebracht worden.

Ermordet!

Er fuhr aus dem Kissen hoch. Er wunderte sich nicht einmal darüber, wie leicht ihm die Bewegung fiel. Denn das Wort stach wie ein Stachel in seinen Schädel. Dieser Schmerz war für den Moment heftiger als der in seinen Gliedern.

Wie weit war es mit ihm gekommen? Waren seine Zweifel, seine eigene Gottlosigkeit, so weit gediehen, dass er einen Mord deckte? Ausgerechnet an einer alten, kranken Frau, deren größte Verfehlung im Leben wahrscheinlich darin bestanden hatte, es in Einsamkeit zu verbringen – ohne ihre Tochter, ihren Enkel, ohne ihre Familie. Was hatte es mit Philip auf sich, dass dieser Lacie nach ihm suchte? War der Junge ebenfalls in Gefahr?

Warum ausgerechnet ich?

Vielleicht war das die Lösung. Er musste sich seiner Verantwortung stellen, schließlich war er immer noch ein Priester.

Beatrice erwachte mit einem Schrei, doch kein Laut drang über ihre Lippen. Stattdessen herrschte eine heisere Stimme, die nicht ihr gehörte: »Seien Sie still oder Sie werden sterben.«

Erschrocken riss sie die Augen auf und sah sich einem schwarzen Schemen gegenüber. Vor einem grellen Hintergrund beugte er sich zu ihr herab, ein finsterer Schatten, der ihr mit dem festen Griff seiner Hand Mund und Nase verschloss und dabei den Atem raubte.

»Und?«, fuhr er sie ungeduldig an. »Was ist? Werden Sie schreien?«

Ihre Pupillen gewöhnten sich an das Licht, und sie erkannte den Geistlichen, vor dem Miss Barkley sie gewarnt hatte.

Seine Kiefer mahlten unablässig auf einem Kaugummi, sein Blick war starr und kühl auf sie gerichtet. Sie verstand, es war ihm ernst mit seiner Drohung. Deshalb schüttelte sie den Kopf, so schnell, wie es seine starke Umklammerung zuließ.

Seine Finger gaben sie frei. Sofort schnappte sie nach Luft. Sie hustete. Der Mann legte seinen Zeigefinger an die Lippen. Obwohl es ihr schwerfiel, zwang sie ihre gebeutelte Lunge zur Ruhe.

»Geht doch«, sagte der Mann zufrieden. »Angela-Marie wäre stolz auf Sie.«

»Wagen Sie es nicht noch einmal, den Namen meiner Tante in den Mund zu nehmen.«

»Andernfalls?« Er zog eine Augenbraue hoch und lächelte. Allein für dieses Grinsen hätte sie ihm gern das Gesicht zerkratzt. Für den Mord an Paul und ihrer Tante wollte sie ihn am liebsten umbringen. Doch das eine war so unmöglich wie das andere. Er hatte ihr die Hände auf den Rücken gebunden. Auch ihre Beine waren gefesselt. Sie war zur Regungslosigkeit verdammt.

Diese hilflose Situation erinnerte sie an ihr Erwachen in der Seitenstraße in London. Es gab nur einen kleinen, aber nicht ganz unwesentlichen Unterschied – ob der von Vorteil war, wollte sie nicht beschwören: Diesmal konnte sie sich an ihr gesamtes Leben erinnern. *Die Erinnerung ist das einzige Paradies, aus dem wir nicht vertrieben werden können.* Da war ihre Kindheit, Angela-Marie, der Bobtail Buck, Paul, Bart, das Hotel *The North Side,* Miss Barkley, Elmie, Eadfrith, sogar der unfähige Schalterbeamte in der *Royal Bank of Scotland* kam ihr in den Sinn.

Sie entsann sich auch an jenen Moment, als dieser Priester in der Gasse aufgetaucht war und ihr die Betäubungsspritze in die Hüfte gerammt hatte.

Nun lag sie auf einer fauligen Matratze, die nur notdürftig von einem verrosteten Bettgestell gehalten wurde. Ansonsten befand sich nichts weiter in der kleinen fensterlosen Kammer, die von einer einzelnen Glühbirne erhellt wurde. Sie war in eine Fassung eingeschraubt, die an einigen Drähten von der rissigen Decke baumelte. Die Wände waren mit Dreck besudelt, stellenweise blätterte die Tapete ab und enthüllte blanken, bleichen Putz. Die Tür war eine schwere gusseiserne Pforte, wie es sie für gewöhnlich nur in einem Bunker gab. Vermutlich waren sie bereits in Deutschland angelangt. Irgendwo in Berlin.

Die Dosis des Narkotikums musste beträchtlich gewesen sein, wenn sie die ganze Zeit der Überfahrt geschlafen hatte. Wie er es geschafft hatte, sie an den britischen Grenzposten vorbei außer Landes zu schleusen, war ihr zwar ein Rätsel, denn seit dem 11. September 2001 waren vor allem in Großbritannien die Sicherheitsvorkehrungen exorbitant. Aber er war ein heimtückischer Geistlicher, der ganz bestimmt Mittel und Wege kannte, sich vor allzu aufdringlichen Blicken zu schützen.

»Schön, dass Sie endlich wach sind«, sagte er. Sein Gesicht war alt und von Falten durchsetzt, die Augen dunkel umrändert, darüber täuschte auch die Bräune seiner Haut nicht hinweg. Oder die Lässigkeit, mit der er seinen Kaugummi bearbeitete. Da war noch etwas anderes, was sie in seiner Miene ausmachte: unendliche Müdigkeit. Er versuchte sie zu überspielen, indem er freundlich sagte: »Es wäre schade um eine hübsche Frau wie Sie.«

Seine Hand berührte ihre Wange, eine fast zärtliche Berührung. Sie bekam eine Gänsehaut. »Seit wann interessieren sich Priester für hübsche Frauen?«

Er setzte ein nachsichtiges Lächeln auf. »Sie haben sehr viel mit Ihrer Tante gemein. Sie sind ein Sturkopf.«

»Und Sie sind ein Mörder!«

»Ein Mörder?« Jetzt verzog sich sein Gesicht zu einer unschuldigen Maske. Nur das unentwegte Kaugummikauen verriet, unter welcher Anspannung er tatsächlich stand.

»Sie haben meine Tante auf dem Gewissen.«

»Ihre Tante war selbst schuld«, erwiderte er. »Sie war so stur. Genau wie Sie!«

Beatrice schnaubte.

Der Geistliche beachtete es nicht. »Was ist das für ein Leben, ständig auf der Flucht, immer in Sorge, dass man Ihnen auf die Spur kommt?« Seine Stimme bekam einen spöttischen Klang. »Nein, Gott bewahre, das darf nicht geschehen.« Er neigte seinen Kopf, kniff die Augenlider zu schmalen Schlitzen zusammen, aus denen er Beatrice anfunkelte. »Trotzdem habe ich Sie gefunden. Die ganze Heimlichtuerei hat nichts gebracht. Das hat am Ende auch Ihre Tante eingesehen. Sie war glücklich, dass alles endlich ein Ende hatte und sie ihr Geheimnis preisgeben konnte.« Er dämpfte seine Stimme. »So glücklich, dass Sie mir anvertraute, dass ihre kleine Beatrice das Schmuckstück der Familie ist, diejenige, die das ganze Geheimnis ...«

Beatrice hörte nicht mehr zu. Es war widerwärtig, was dieser Mann, der vorgab, im Auftrag Gottes zu handeln, von sich gab. Sie wusste, dass er log. Angela-Marie hätte sie nie verraten. Er wollte sie verletzen mit seinen Worten, ihren Widerstand brechen.

Sie hörte ihn niesen. Schniefend sagte er: »... jetzt ist erst einmal wichtig, dass Sie wieder unter uns sind.«

»Für wie lange noch?«, spuckte sie hervor. Neben ihm lag ihr Rucksack. Er war offen. Also hatte er gefunden, was er suchte. Warum hatte er sie dann überhaupt noch am Leben gelassen?

»Was ich vorgefunden habe, überrascht mich«, sagte er.

»Es ist doch das, was Sie gesucht haben?« Sie hatte kein Problem damit, die Wahrheit auszusprechen. »Für das Menschen sterben mussten?«

»Manchmal macht man Dinge, weil man glaubt, sie machen zu müssen.«

Dass er erneut die Worte ihrer Tante in den Mund nahm, erfüllte sie mit Zorn. Doch sie erlaubte sich nicht, es ihm zu zeigen. Klammheimlich bemühte sie sich, eine Hand aus den Schnüren hinter ihrem Rücken zu befreien. Aber außer dass das rostige Bettgestell quietschte und das Seil sich tiefer in ihre Haut schnitt, erreichte sie nichts.

Trotzig sagte sie: »Und? Sind Sie zufrieden mit dem, was Sie gemacht haben?«

»Vielleicht.«

Irgendetwas an seinem Tonfall ließ sie aufhorchen. »Was wollen Sie denn noch?«

Er musterte sie. Sie bewegte sich nicht. Er hustete, bevor er sagte: »Erklären Sie mir, wie es funktioniert.«

Verständnislos erwiderte sie seinen Blick. »Wie bitte?«

»Ich sagte«, knurrte er, und sein Tonfall verriet seine

wachsende Ungeduld, »Sie sollen mir zeigen, wie es funktioniert.« Ihr fiel auf, dass er schon seit Minuten seine Zähne nicht mehr in den Kaugummi grub.

Beatrice begriff, warum sie noch lebte. Ihr Blick suchte die kleine schlichte Metallschatulle, die neben dem Rucksack lag. Sie konnte sich nicht vorstellen, dass der wertvolle Inhalt seiner Macht beraubt worden sein sollte.

Sie wandte sich dem Priester zu. Trieb er ein Spiel mit ihr? Aber da war nichts in seinem Gesicht, was darauf hindeutete. Entdeckte sie gar eine Spur Verzweiflung? »Machen Sie mich los.«

»Sie scherzen.«

»Jetzt machen Sie schon«, drängte sie. »Sie wollen doch, dass ich Ihnen zeige, wie es funktioniert.«

Natürlich würde sie einen Teufel tun, es ihm tatsächlich zu verraten; ganz abgesehen davon, dass es am *Achat* keinen versteckten Mechanismus gab, der es in Gang setzte. Seine Kraft gewann es ganz von selbst, und jeder, der es berührte, konnte an dem Wissen, das es barg, teilhaben. Doch sie wollte wissen, ob es stimmte, was die Worte des Geistlichen andeuteten: Funktionierte das *Achat* nicht mehr?

Vor allem wollte sie jedoch, dass er sie von den verflixten Fesseln befreite. Danach würde sie weitersehen.

Er schien zu ahnen, dass sie etwas im Schilde führte. Seine Kiefer setzten sich wieder in Bewegung, bearbeiteten den Kaugummi. »Wenn Sie Dummheiten machen, werden Sie keine Zeit mehr haben, sie zu bereuen.«

Sie hatte keine Zweifel, dass er trotz seines Alters kräftiger als sie und skrupellos genug war, sie ohne weitere Warnung zu töten. Andererseits: Umbringen würde er sie sowieso, früher oder später, sobald er sein Ziel erreicht hatte. Nur einem mysteriösen Zufall war es zu verdanken, dass sie überhaupt noch lebte, und diese Chance gedachte sie zu nutzen.

Er packte sie an den Schultern und drehte sie um. Das Bett erhob ein jämmerliches Wimmern. Nicht mehr lange, und der Rost würde die Schrauben und Verstrebungen lösen, das Gestell würde in sich zusammenkrachen, die Matratze zu Staub zerfallen und sie beide würden auf dem kalten Betonboden landen. Er blieb von der drohenden Gefahr unbeeindruckt, löste die Knoten, bis ihre Hände frei waren. Sie richtete sich auf, massierte die brennenden Abdrücke auf ihrer Haut.

Wachsam beobachtete er sie. »Und jetzt?«

Sie wollte nach der Schatulle greifen, ließ es aber bleiben. »Geben Sie sie mir!«

Er griff nach der Metallschachtel. Er schien nichts zu spüren. Aber sie zog noch keinerlei Schlüsse daraus. Auch sie hatte im Tresorraum der *Royal Bank of Scotland* nichts wahrgenommen, als sie die Box aus dem Safe gehoben hatte. Erst als sie sie geöffnet hatte, war ihr das eigentümliche Leuchten aufgefallen. Als sie das *Achat* schließlich berührt hatte, hatte sie das unglaubliche Pulsieren aus dem Inneren erfahren, diese mächtige Kraft, diese grenzenlose Weisheit.

»Machen Sie die Schachtel auf«, verlangte sie.

Er musterte sie skeptisch. »Das habe ich bereits.«

»Dann machen Sie es noch einmal.«

Er war nicht überzeugt. »Hören Sie, wenn Sie versuchen, mich übers Ohr zu hauen, dann ...«

»Halten Sie den Mund!«, fuhr sie ihn an.

Sein Kopf ruckte wütend empor, doch sein Blick flackerte, und der Zorn erlosch. An seine Stelle traten Müdigkeit, Verzweiflung und Unsicherheit, eine andere Form der Dreifaltigkeit, die ihn beseelte. Doch diese erklärte nicht, warum das *Achat* seinen Dienst verweigerte. Mit fester Stimme, die ihre eigene Verunsicherung überdeckte, sagte sie: »Machen Sie es oder lassen Sie es bleiben!«

Sie schloss die Augen. Sie bekam Angst, dass es am Ende doch ein Irrtum war. Oder lediglich ein dummes Spiel, das er mit ihr trieb, nur um sie jetzt gleich mit einem hämischen Grinsen zu töten. *Reingelegt!*

Sie hörte, wie er die Schatulle aufklappte. Er seufzte.

Berlin

Der Wind trieb Schneeflocken scharf wie Glassplitter über den Bahnsteig. Den wenigen Pendlern, die sich an diesem frühen Sonntagmorgen zur Arbeit bemühten, bot die nach allen Seiten hin offene S-Bahn-Station am Treptower Park nur wenig Schutz vor der schonungslosen Naturgewalt. Mürrisch in dicke Winterkleidung versunkene Gestalten kauerten im Aufgang zum Bahnsteig oder im Windschatten des kleinen Bahnwärterhäuschens. Ein grimmiger Mann in der orangen Uniform der Stadtwerke, ein leuchtendes Signal im weißen Tumult, hockte sogar hinter dem schmalen Fahrkartenautomaten.

Philip drückte sich eng an eine Plakatwand, die mit Werbung für Parfüm beklebt war. Über einem abstrahierten violetten Weihnachtsbaum las er den Slogan: *For everyone who has a heart!* Unweigerlich dachte er an die zurückliegenden Stunden. Daran vor allem, wie er Chris' Wohnung mit pochendem Herzen verlassen hatte. *For everyone who has a heart!* Es war, als verspottete ihn jetzt sogar die Werbung.

Er beobachtete eine Traube Jugendlicher. Ihrer schrillen Kleidung nach zu urteilen befanden sie sich auf dem Heimweg aus den Clubs. Doch von der Ausgelassenheit einer Partynacht im *Tresor* oder *Ostgut* war nichts zu spüren. Sie standen dicht beieinander, schlangen sich zitternd die viel zu dünnen Sachen um den Leib und bereuten lautstark, den Club überhaupt verlassen zu haben.

Es war noch gar nicht lange her, da war Philip selbst eines dieser Berliner Nachtgeschöpfe gewesen. Lag das wirklich erst eine Woche zurück? Es kam ihm vor wie eine halbe Ewigkeit, in der sich sein ganzes Leben verändert hatte. Alles hatte mit dem Mord an der jungen Frau auf dem Kudamm begonnen. Vor über 70 Jahren. Er hatte ihr das Leben gerettet, damit sie ihr Kind zur Welt bringen konnte: Ritz. Dieser hatte einem anderen Kind das Leben retten müssen: Philip. Jetzt wurde er selbst Vater. Es war, als schließe sich ein Kreis. Erneut dachte er: *Es geht immer nur um die Kinder.* Aber der tiefere Sinn, der hinter allem steckte, der wollte sich ihm noch immer nicht erschließen.

Frustriert stieß er den Atem aus, der vor seiner Nase zu einer gläsernen Wolke zu gefrieren drohte. Die Schneeflocken waren hart wie Hagelkörner. Sie fielen dicht an dicht auf den Bahnsteig, die Gleise und die Sträucher, die sich jenseits des Bahnhofes erhoben. Den Allianz-Tower dahinter, die Straße, die skelettierten Bäume rechts und links auf den Gehsteigen hatte der Sturm längst gefressen. Ein Wunder, dass überhaupt noch Züge fuhren.

Ein Grollen erfasste den Bahnsteig und schwoll wie ein dumpfer Donner an. Wie aus dem Nichts durchbrach ein Triebwagen das Schneegestöber. Das gelbe Licht der Neonröhren im Waggoninneren erschien wie eine warme rettende Insel. Die Passagiere auf den Sitzen wirkten mit ihren Taschen und Koffern wie Gestrandete.

Kaum dass der Zug am Bahnsteig stillstand, traten die Menschen aus dem Schutz ihrer Unterstände hervor. Wie in Zeitlupe schlichen sie zu den Waggons, behutsam darauf bedacht, sich nicht von dem vereisten Bahnsteig aufs Kreuz legen zu lassen. Der Mann in der Uniform rutschte trotzdem aus, wankte, griff nach einem Halt. Beinahe hätte Philip die Hand nach ihm ausgestreckt, doch in letzter Sekunde riss er sie zurück. Auf keinen Fall wollte er dem Mann zu nahe kommen. Auch nicht den anderen Pendlern. Deshalb wartete er, bis alle den Zug betreten hatten, sich auf den leeren Plätzen niederließen und ihre Kleidung mit hastigen Handbewegungen vom

Schnee befreiten. Doch auch danach blieb er hinter dem Werbeschild stehen.

Zum ersten Mal fiel ihm auf, wie sehr ihn der Sog der Ereignisse in den vergangenen Tagen mitgerissen und sein Handeln bestimmt hatte. Zugegeben, mehr als einmal hatte er unvernünftig auf die Geschehnisse reagiert. Aber er hatte wenigstens reagiert. Nun überlegte er angestrengt, was er als Nächstes tun sollte. Natürlich, er hatte Kommissar Sebastian Berger versprochen, ihm einen Beweis zu liefern, dass er unschuldig war. Doch wie sollte ihm das gelingen, wenn er nicht einmal wusste, wonach er suchen musste?

Erneut verdammte er seine Gabe. Was hatte sie ihm gebracht? Seinen Job war er los, die Beziehung zu seiner Freundin lag im Ungewissen. Kein Ziel vor Augen. Leere im Kopf. Leere im Leben. Genauso gut konnte er sich hier und jetzt in den Schnee hocken. Einfach einschlafen. Ob dann jemand kam und ihn rettete?

Wie er so auf dem Bahnsteig stand, hilflos, pitschnass und durchgefroren, kam er sich einsam und verlassen vor. Wenn er ehrlich war: Es war nicht nur ein Gefühl. Aber da war auch noch etwas anderes: das unbestimmte Empfinden, dass es nicht mehr schlimmer kommen konnte.

Piss die Wand an!

Er zog Kens Stickmütze tiefer ins Gesicht. Dann lief er über den Bahnsteig auf die S-Bahn zu. Der Boden war glatt. Die Schuhsohlen fanden nur schwerlich Halt. Vorsichtig setzte er einen Fuß vor den anderen. Das dreistimmige Hupen signalisierte, die Zugtüren würden jetzt schließen, die Bahn abfahren. Er begann zu rennen.

»Pass doch auf!«

Ein herber Schlag traf ihn an der Schulter, wirbelte ihn einmal um die eigene Achse. Seine Schuhe entwickelten ein Eigenleben, schlitterten haltlos über das Eis. Er verlor das Gleichgewicht, bekam einen Arm zu fassen, krallte sich daran fest. Der Besitzer stieß ihn rüde von sich, wollte die Bahn erreichen. Doch Philip ließ den Jackenärmel nicht los. Er starrte den Mann mit großen Augen an, blickte durch ihn hindurch, unfähig, die Lider vor dem zu verschließen, was er sah. Weil es nicht wirklich geschah. Noch nicht.

Die Turbinen heulten auf. Das Flugzeug beschleunigte, presste die Insassen in die Sitze mit den lilafarbenen Bezügen. Nur wenige Passagiere plauderten. Weiter vorne hielt eine Frau ihr kleines schreiendes Baby im Arm, streichelte ihm besänftigend den Kopf. Drei Reihen dahinter plapperten ein kleines Mädchen und ihr Bruder, beide vielleicht drei oder vier Jahre alt, aufgeregt auf ihre Eltern ein. Sicherlich war es ihr erster Flug. Die Stewardess, die am Eingang zur Kabine saß, lächelte nachsichtig. Die anderen Fluggäste hatten die Augen geschlossen und schliefen. Geschäftsleute. Vielflieger. Als die Maschine an Fahrt gewann, verschwamm der Schnee auf den Feldern links und rechts der Startbahn zu einem Himmelbett in weichem Weiß. Das Flugzeug neigte sich, hob von der Rollbahn ab, gewann schnell an Höhe. Nicht mehr lange, dann würden die Menschen in seinem Inneren auf eine Welt hinabblicken, die schön, rund und friedlich lag. Wie in einem Poesiealbum.

In einer der Ablagen über den Köpfen der Reisenden klapperte Handgepäck, das nicht richtig verstaut worden war. Etwas raschelte. Jemand lachte. Jemand sagte etwas in einer Sprache, die niemand verstand. Nicht einmal eine Sekunde später ging ein gewaltiger Ruck durch das Flugzeug. In der Maschine schrien Menschen auf, klammerten sich an die Sitze, an den Gurt, aneinander. Sie prallten gegen die Wände, fielen hilflos ins Leere. Verglühten sekundenschnell in einer Feuersbrunst – die Frau mit ihrem Baby, das Mädchen, ihr Bruder, die Eltern, die Stewardess und alle anderen. Bevor sie auch nur begriffen, was mit ihnen geschah.

»Lass mich endlich los!«, schrie der Mann.

Philips Finger entkrampften sich. Auch die Beine gaben

unter ihm nach. Er sank auf den Bahnsteig, in den Schnee. Innerhalb weniger Sekunden durchweichte seine Cordhose, nicht zum ersten Mal an diesem Wochenende.

Sein Blick klärte sich. Zischend schloss die S-Bahn-Tür vor seinen Augen. Die Blicke der Passagiere hinter den Scheiben waren auf Philip gerichtet, auch die des Mannes, der in Winterkleidung gehüllt war, schütteres Haar, bleiches Gesicht. Er schüttelte den Kopf. Dann rollte der Zug an und er war verschwunden.

Philip schaute dem Triebwagen hinterher. Die Rücklichter verschwanden im Schneetreiben. Das rote Leuchten wurde schwächer. Ebenso die Anzeige über dem rückwärtigen Führerstand: *S9. Flughafen Schönefeld.*

Es dauerte einige Sekunden, bis die Information in sein Gehirn sickerte. *Er wird doch nicht etwa …?* Der Wind trug den süßlichen Duft von Rosenwasser in seine Nase. Hieß es nicht, Dschihadisten parfümierten sich vor dem Einzug in das Paradies mit Rosenwasser? Bittere Galle drängte sich die Kehle empor. Röchelnd schnappte er nach Luft. Nur widerstrebend beruhigte sich sein Magen.

Er rappelte sich empor, schüttelte den Schnee von seiner Kleidung, drohte dabei erneut auf dem vereisten Bahnsteig auszurutschen. *Bloß nicht hinfallen.* Nur mit Mühe hielt er sich aufrecht. *Keine Zeit vergeuden.* Er eilte zur halb offenen Telefonzelle, die am Ende des Bahnsteiges stand. Der Wind ging hier noch stärker, aber er schenkte dem Sturm keine Beachtung, auch nicht dem Schmerz in seinen kalten Fingern, an denen noch der Schnee vom Sturz haftete.

Er griff in seine Hosentasche, zerrte die letzte der beiden Euro-Münzen aus der Zukunft hervor, die er seit Tagen bei sich trug. Aus der anderen Hosentasche klaubte er eine Visitenkarte. Er schickte ein Stoßgebet zum Himmel. Hoffentlich hatte der Sturm nicht die Leitungen gekappt.

Er steckte das Geldstück in den Schlitz und wählte. Nichts geschah. *Verdammt!*

Das Schneegestöber wurde noch dichter, der Wind heulte auf, ein hämisches Schluchzen. Er klemmte den Hörer unter die Strickmütze an sein Ohr. Noch immer nichts. Er wollte den Hörer gerade zurück auf die Gabel schmeißen, als das Freizeichen ertönte. Kurz darauf meldete sich die blecherne Stimme eines Anrufbeantworters.

»Verflixt!«, rief Philip. Doch was hatte er erwartet? Dass Kommissar Berger zu dieser nachtschlafenden Zeit am Telefon saß und nur darauf wartete, dass er anrief? Philip gab ein Lachen von sich.

Ein Piepsen erklang. Philips Stimme überschlug sich: »Kommissar Berger? Hier ist Philip Hader. Es ist jetzt ...« Sein Blick flog umher, bis er die Bahnhofsuhr entdeckte. Sie war zu weit entfernt. Er kniff die Augenlider zusammen, versuchte durch den Sturm hindurch etwas zu erkennen. »Es ist kurz nach halb sieben ... Ich bin auf dem Weg zum Flughafen ... Schönefeld ... Etwas Schlimmes wird passieren. Bitte kommen Sie. Ich brauche Ihre Hilfe. Beeilen Sie sich. Bitte!«

Er legte den Hörer zurück auf die Gabel. Unter seinen Füßen spürte er das Dröhnen, mit dem die nächste Bahn ihr Kommen ankündigte. Er wandte sich zurück zur Bahnsteigmitte. Jemand versperrte ihm den Weg. »Was ist mit Ihnen los?«

Rom

Was ist los?

Die Frage wollte Bischof Ricardo de Gussa nicht mehr aus dem Kopf gehen. Er fuhr sich durchs Haar. Dass er es dabei zerzauste, war ihm egal. Es war schon eine ganze Weile her, dass er sein Haar zum letzten Mal gekämmt und gegelt hatte. Das war nur eines der Opfer, die er erbrachte, weil er dem Offizium vorstand. Immerhin, auf den Gängen im Vatikan würden die Kritiker an seiner Person verstummen. Endlich verhielt er sich seinem Alter entsprechend.

Was ist los?

Die Frage hatte sich wie eine Zecke an ihn geheftet, bohrte sich immer tiefer in seinen Schädel. Hatte er die letzten Tage etwas übersehen? Nein, im Gegenteil, beruhigte er sich. Er hatte Vorgänge entdeckt, an die keiner seiner *Freunde* – er eingeschlossen – bisher einen Gedanken verschwendet hatte. Es gab mehr Personen als nur Philip Hader, auf die sie ihr Augenmerk richten mussten, um an ihr Ziel zu gelangen. Vielleicht hatten sie all die Jahre sogar ihre Suche auf eine völlig falsche Person konzentriert, auf die alte Frau in Berlin. Ja, de Gussa war sich sicher – auch wenn seine *Freunde* es anders sehen mochten –, dass jene junge Frau in London der Schlüssel zu allem war.

Oder verrannte er sich in eine fixe Idee?

Er saß seit Stunden in seinem Sessel hinter dem Schreibtisch, brütete vor sich hin, ohne dass er bisher zu einem nennenswerten Ergebnis gelangt war. Er hatte sogar die gestrige Abendmesse mit dem Papst versäumt, stattdessen die Zeit in der Grotte unter dem Vatikan verbracht, in der Hoffnung, der alte Mann auf der Bahre würde ein weiteres Mal erwachen, seine Worte wiederholen oder sogar noch einige hinzufügen, damit er sicher sein konnte, auf der richtigen Spur zu sein.

Die Geschichte wiederholt sich nicht, hatte der Greis gesagt. So lange de Gussa auch darüber nachdachte, er verstand nicht, was der alte Mann damit meinte. Das Offizium hatte die Geschichte seit Jahrhunderten in seinem Sinne gelenkt. Nie war das Geheimnis der Familie Hader an die Öffentlichkeit gelangt. Natürlich war das Offizium dabei nicht immer mit den Mitteln der Nächstenliebe vorgegangen; aber das war legitim, weil es einer großen Sache diente. Wenn der Papst je davon erfuhr, würde er es verstehen. De Gussa hoffte es zumindest. Genauso wie er hoffte, dass es nie dazu kommen würde.

Doch was, wenn das Offizium diesmal versagte? Die Ziellosigkeit ihrer Diskussionen, die beinahe unverhohlenen Anfeindungen, die ihm in letzter Zeit bei ihren Treffen entgegenschlugen, sie beunruhigten de Gussa zutiefst. Auch die Geringschätzigkeit, mit der Lacie ihm immer häufiger begegnete, und die Eigenmächtigkeit, mit der er Entscheidungen traf, waren nicht dazu angetan, den Bischof zu besänftigen. Einmal mehr bangte er: Was, wenn die Ereignisse, die das Offizium fürchtete und die zu verhindern sie geschworen hatten, längst aus dem Ruder liefen?

Hilflos hockte er in seinem Stuhl, seine Gedanken kreisten um immer dieselben Fragen, ohne dass er der Lösung näher kam. Gerne hätte er ein wenig geschlafen, vielleicht hätte er mit klarem Kopf einiges leichter durchblicken können. Doch in der zurückliegenden Nacht hatte er erneut kein Auge zugemacht. Nicht nur wegen der Sorgen um den alten Mann in der Kammer tief unter dem Vatikan. Er hatte auf Nachricht von Cato gewartet, der sich auf einer Fähre befunden hatte, auf dem Rückweg von London nach Berlin. War er dort schon eingetroffen?

Bisher hatte er sich nicht gemeldet. Warum nicht? Was war los? Bevor de Gussa es nicht erfuhr, konnte er sich nicht zur Ruhe betten.

Er beruhigte sich. Cato hatte noch nie versagt. Sobald die Nachricht von ihm eintraf, konnte de Gussa den *Freunden* – allen voran seinem ärgsten Widersacher Boris Garnier – beweisen, wie recht er hatte. Es würde ihm eine Genugtuung sein, den Präfekten der Kongregation für die Glaubenslehre mundtot zu machen.

Weil er bis dahin aber nichts anderes tun konnte, als zu warten, begann er, die Akten, Hefter und Zettel zu sortieren, die in einem wirren Wust auf dem Tisch vor ihm ausgebreitet lagen. In dem Durcheinander war keine Logik zu erkennen. Egal. Seine Alltagsgeschäfte waren unwichtig. Er brauchte sie nicht für das, was wichtig war. Alles, was er für seinen Auftrag und das Offizium wissen musste, trug er im Kopf mit sich. Das war eine eiserne Regel: Nichts wurde schriftlich fixiert. Doch das Chaos vor seinen Augen war nicht wirklich dienlich, Ordnung hinter seine Schläfen zu bringen.

Als er sich bewusst wurde, dass er die Häufchen nur von einer Seite des Tisches auf die andere verteilte, anstatt sie zu sortieren, gab er es auf und lehnte sich in seinem Sessel zurück. Er löste das weinrote Zingulum seiner Soutane. Sein Magen fühlte sich aufgebläht an. Dabei hatte er seit gestern Mittag nichts mehr zu sich genommen. Selbst das Angebot seines persönlichen Sekretärs, kurz bevor der sich in den Feierabend verabschiedet hatte, ihm ein Glas Wasser zu holen, hatte er abgelehnt.

De Gussa schaute auf die Uhr. Armand van Loyen würde jeden Augenblick wieder zum Dienst antreten. Vermutlich würde er darauf drängen, dass de Gussa sich endlich der Unterlagen annahm, die sich auf dem Schreibtisch türmten. Aber darauf konnte de Gussa sich nicht konzentrieren.

Wenn er die Ereignisse nicht so schnell wie möglich in den Griff bekam, waren Rechnungen, Anweisungen und Dienstanordnungen so unwichtig wie der Staub, der sich auf ihnen schichtete.

Es klopfte an der Tür. Jetzt war der Bischof froh, dass sein Sekretär kam. Er würde ihn um einen starken Kaffee bitten. »Kommen Sie rein«, rief er.

Das hohe Portal öffnete sich und Pater Silvano trat ein. Mit ihm hatte der Bischof am allerwenigsten gerechnet. »Was machen Sie denn hier? Habe ich Ihnen nicht gesagt, Sie sollen ...«

Die Demutsgeste, mit der Silvano seinen Oberkörper herabbog, ließ de Gussa verstummen.

»Bischof«, flüsterte Silvano. Trotzdem hallte seine Stimme durch den Raum. »Ich glaube, Sie müssen kommen.«

Auch ohne Kaffee war de Gussa nun hellwach. Er sprang auf und vergaß dabei, dass er das Zingulum eben erst gelöst hatte. Die abrupte Bewegung ließ die fransigen Enden aus den Schlaufen gleiten, der Gürtel rutschte seinen Körper hinab und wand sich wie eine Schlange um seine Beine. Er stolperte, drohte der Länge nach auf dem polierten Boden hinzufallen. Zum Glück war Silvano zur Stelle und stützte ihn.

»Danke«, brachte de Gussa hervor. Mit pochendem Herzen griff er nach dem Zingulum und schnürte es sich um den Leib. Er band drei Knoten, die für die Berufung in Gehorsam, Armut und Keuschheit standen. Am liebsten hätte er noch einen vierten Knoten hinzugefügt, für die Verzweiflung. Stattdessen zog er das Zingulum nur enger um die Taille, bis er kaum Luft bekam. »Gehen wir!«, stieß er hervor.

Draußen im Vorzimmer kam ihnen van Loyen entgegen. Er runzelte die Stirn, als er die beiden Männer mit strammen Schritten auf sich zueilen sah. Er öffnete den Mund zu einer Bemerkung, doch de Gussa winkte ab. »Ich komme gleich wieder!«

»Aber ...«, stammelte der Sekretär.

»Kein Aber«, herrschte der Bischof.

Schon war er mit dem Pater auf dem Gang verschwunden. Der Sekretär rannte ihnen hinterher. »Aber das geht nicht. Sie haben ...«

Mit einem Ruck blieb de Gussa stehen. »Was?«

Van Loyen rang nach Atem. »Die Audienz ... nachher ... beim Papst.«

Der Bischof musterte seinen Sekretär. »Habe ich Ihnen nicht schon einmal gesagt, Sie sollen nicht so viel rauchen?«

Van Loyen nickte. »Ja, das haben Sie, aber was hat das ...«

»Nichts«, sagte der Bischof und wandte sich ab. »Gehen Sie an die Arbeit und warten Sie.« Er trabte wieder los. »Und von mir aus rauchen Sie eine dabei.«

Pater Silvano war bereits bis zum Ende des Ganges vorausgeeilt und wartete dort. Nachdem de Gussa aufgeschlossen hatte, übernahm er die Führung. Kaum jemand begegnete ihnen auf ihrem Weg. Auch im Gouverneurspalast, dem enormen Verwaltungszentrum im Nordwesten der Vatikanstadt, herrschte bis auf wenige Ausnahmen Sonntagsruhe. De Gussa war es nur recht, denn Priester und Prälaten, die jetzt mit einem Anliegen an ihn herangetreten wären, hätte er nur ungeduldig abwimmeln müssen.

Schnurstracks stiegen sie die Stufen zum Keller hinab. Nach Verfolgern schauten sie sich dabei nicht um. Nach hier unten verirrte sich sowieso niemand. Und falls doch, nahm er gleich wieder Reißaus vor dem rostigen Plunder und muffigen Gestank.

De Gussa war in den letzten Tagen so häufig hier unten gewesen, dass ihn der Geruch nicht störte. Die vollgestopften Lagerräume waren ihm inzwischen ein vertrauter Anblick. Dort rechts eine alte Orgel, direkt daneben die rostigen Pfeifen, zwei Kartons voller Rosenkränze. Links davon Statuen, von denen die Farbe blätterte. Die klerikalen Gegenstände verfaulten und schimmelten. Der ideale Mantel der Verschwiegenheit für das, was hinter den Türen in den Wänden verborgen lag.

Silvano entriegelte das Schloss einer der Türen. Brüchige Steinstufen führten geradewegs nach unten. Für einen Moment verharrte de Gussa auf dem Treppenabsatz. Die Dunkelheit, der die schwachen Birnen links und rechts der Stufen kaum zu trotzen vermochten, empfing ihn wie der Eingang zur Hölle. *Die Geschichte wiederholt sich nicht.*

Er gab sich einen Ruck und lief die Stiegen hinab. Es waren 95 an der Zahl. Er hatte sie die letzten Tage mehr als einmal zählen können. Und die Krypta, dessen war er sich inzwischen ebenso gewiss, lag direkt unter der Sixtinischen Kapelle. Im Verlauf des Tages würden Touristen in endlosen Schlangen durch das Heiligtum strömen, ohne auch nur zu ahnen, welches Geheimnis sich viele Meter unter ihnen verbarg.

Schon von Weitem hörte de Gussa den alten Mann. Er schrie und krakeelte, obwohl niemand da war, der ihm zuhörte. Auch als sie den Raum betraten, machte er seinem Zetern kein Ende. Er wälzte sich auf der Liege herum, ohne dass er sich von der Stelle bewegte. Er war, wie es de Gussa befohlen hatte, an die Bahre gefesselt.

Fasziniert beobachtete der Bischof das eigenartige Gebaren des Greises. Der Alte warf seinen Kopf in einem fort hin und her, als sitze er auf einer Achterbahn, die wilde Loopings fuhr. Vielleicht raubten ihm aber auch die Bilder vor seinem inneren Auge den Verstand.

De Gussa wusste, dass der Mann niemals seine Fähigkeiten verloren hatte, trotz des Komas, in dem er so lange gelegen hatte, nachdem ihn Cato und Lacie vor 19 Jahren aufgegriffen hatten. Seine Kräfte waren zwar schwächer geworden, daran gab es keinen Zweifel. So schwach, wie er alt geworden war. Aber verschwunden waren sie nicht. Was er jetzt wohl vor Augen hatte, dass es seinen Körper mit derartiger Heftigkeit schüttelte?

»Was ist mit ihm?«, flüsterte Silvano.

De Gussa zuckte die Achseln.

Mit einem Mal lag der Greis auf der Liege still. Er atmete schwer. Langsam ging de Gussa näher heran. Jetzt war nichts mehr zu hören. Nicht einmal das leise Schnaufen seiner Atemzüge. Der Mann war erstarrt. Auch seine Augenlider zuckten nicht mehr. Der Bischof konnte nicht fassen, dass es so schnell gegangen war.

Eine Bewegung am Eingang zur Kammer ließ ihn herumfahren. Konsterniert erkannte de Gussa seinen Sekretär. »Was machen Sie denn hier?«

»Das Gleiche könnte ich auch Sie fragen, Bischof.«

»Spionieren Sie mir etwa hinterher?«

»Spionieren würde ich das nicht nennen.«

»Sondern?«

Van Loyen druckste. »Man macht sich Sorgen um Sie.«

»Um mich?«

Der Sekretär nickte. »Sie wirken seit einigen Tagen ...« Er suchte nach den passenden Worten. »... abwesend. Und verzweifelt.«

»Das geht Sie einen Scheißdreck an!«

Pater Silvano riss ob dieser harschen Worte die Augen auf. Van Loyen dagegen geriet nicht aus der Fassung. Er deutete in die hintere Ecke der Kammer. »Was macht dieser Mann da?«

»Auch das geht Sie nichts an.«

»Ich bin zwar kein Arzt ...«

»Dann tun Sie auch nicht so, als wären Sie einer!«

»... aber das muss ich auch nicht sein, um zu erkennen, dass er tot ist«, fuhr sein Sekretär unbeeindruckt fort. Er trat an die Bahre heran. Sein Finger legte sich auf eine der Fesseln. »Haben Sie ihn umgebracht?«

De Gussa starrte ihn fassungslos an. »Sind Sie von allen guten Geistern verlassen?«

Ungerührt erwiderte van Loyen seinen Blick. Etwas war an ihm, was de Gussa ganz und gar nicht gefiel. Zwischen den Zähnen presste er hervor: »Sie sollten besser gehen!«

Der Anflug eines Lächelns umspielte van Loyens Mundwinkel, als er eine Verbeugung andeutete und sich ohne ein weiteres Wort umdrehte und verschwand. Leise verklangen seine Schritte auf dem Weg nach oben.

Hinter de Gussa raschelte es. Pater Silvano trat neben ihn. »Wieso ist er gestorben?«, fragte er leise.

Der Bischof drehte sich zu der Leiche um. Er musterte sie. Er atmete durch. »Wahrscheinlich, weil er alt war.«

Eine Böe wirbelte Schnee um Philip herum auf. Für Sekunden verschwand die Gestalt vor seinen Augen, bevor sich ihre dunklen Umrisse wieder aus dem tosenden Weiß schälten. *Schwarz ummantelt. Das Gesicht hinter den hohen Aufschlägen verborgen.* Philip atmete tief ein, einige Flocken landeten auf seiner Zunge. Merkwürdigerweise schmeckten sie nach bitterer Galle.

Der Mann machte einen Schritt auf Philip zu. Er trug tatsächlich einen schwarzen Mantel, der mit Schnee und Eis übersät war. Den Kragen hatte er bis zum Kinn hochgeschlagen. Darunter war der weiße Ausschnitt seiner Halskrause zu erkennen.

»Sie?«, fragte Philip und konnte die Erleichterung nicht verbergen.

»Ich bin Ihnen gefolgt«, hustete der Priester aus Neukölln und strich sich das schlohweiße Haar aus der Stirn. Seine Stimme klang noch heiserer und brüchiger, als sie Philip in Erinnerung hatte. Aber das mochte auch nur an dem Sturm liegen, der in seinem Toben einfach nicht nachließ.

»Was wollen Sie?«

Jakob Kahlscheuer fegte sich erneut das Haar aus dem Gesicht, einmal, zweimal. Ein vergeblicher Kampf gegen den Wind. Er gab sein Bemühen auf, kam näher.

Philip trat zurück. Auch wenn Kahlscheuer ein Mann Gottes war, er wollte nicht, dass er ihn berührte. Niemand sollte ihn mehr berühren. Er schluckte den widerlichen Geschmack der Galle seine Kehle hinunter. *Niemand!* Er machte noch einen Schritt von dem Priester weg. Dieser verzog das Gesicht. »Ich habe gelogen.«

Philip musterte ihn. Er hatte mit vielem gerechnet. Aber nicht damit. Was war mit dem Pfaffen los?

Kahlscheuer sagte: »Sie sind in Gefahr.«

Philip schnaufte. Zu einem Lachen reichte es nicht mehr. Er fror, und seine Lippen fühlten sich an, als wäre jegliches Leben aus ihnen gewichen. »Das ist nichts Neues.«

Kahlscheuer schwieg. Die S-Bahn schoss in den Bahnhof, bremste und hielt an. Philip setzte sich in Bewegung.

»Ihre Großmutter ist nicht einfach so gestorben!«, rief Kahlscheuer ihm hinterher.

Philip hielt inne. Also hatte er mit seiner Vermutung gestern Mittag im Pfarrhaus doch recht gehabt: Der Priester hatte ihm etwas verschwiegen. »Sondern?«

Kahlscheuer schüttelte sein greises Haupt. Sein Haar flatterte empor. »Sie ist umgebracht worden.«

Die Information überraschte Philip keineswegs. Sie passte nur zu gut zu den Ereignissen der letzten Tage.

Kahlscheuer blickte ihn fragend an. »Diese Nachricht scheint Sie nicht sonderlich zu berühren?«

»Nein«, versetzte Philip knapp und setzte sich wieder in Bewegung.

»Was haben Sie vor?«, begehrte Kahlscheuer zu wissen.

Das Signal der S-Bahn-Türen erklang dreistimmig über den Bahnsteig. »Ich muss zum Flughafen.«

Der Priester eilte ihm besorgt hinterher. »Was wollen Sie dort?«

Philip blieb die Antwort schuldig. Er drückte den Knopf und die Türen glitten vor ihm auseinander. Er trat ins Waggoninnere, wo ihn ein Schwall abgestandener Hitze empfing. Aber die war allemal besser als die arktischen Temperaturen draußen.

»Wollen Sie fliehen?«, argwöhnte Kahlscheuer. Er folgte Philip in den Zug. Im Waggonlicht war klar und deutlich zu erkennen, dass in seinem Gesicht seit ihrer letzten Begegnung noch mehr Äderchen unter der Haut aufgeplatzt waren. Seine Wangen waren dunkelrot, seine Nase daumendick geschwollen.

»Nein, ich will nicht fliehen.«

Die Türen schlossen, kurz darauf ging ein Ruck durch den Triebwagen. Die Bahn rollte an. »Was wollen Sie dann?«

»Hören Sie, es ist ...« Philip verstummte und sank auf einen der Sitzplätze. Dessen Unterkante war mit einem undefinierbaren Graffiti verziert. Am Waggonboden trieb ein schmutziges Rinnsal Schmelzwasser, das die Schuhe eines Passagiers hinterlassen hatten.

Der Waggon war bis auf einen älteren Herrn, der in dicker Daunenjacke, Schal und Mütze versank, leer. Trotzdem dämpfte Philip seine Stimme: »Wissen Sie was? Sie können mir helfen.«

Der Priester trat auf Philip zu. Für einen Moment sah es so aus, als wolle er sich neben ihn setzen, Schulter an Schulter. Doch dann besann sich Kahlscheuer. Vielleicht erinnerte er sich an Philips eigentümliches Verhalten auf dem Bahnsteig. Er nahm auf der Bank gegenüber Platz, zog die Handschuhe aus. Faltige, von Gicht verkrümmte Finger kamen zum Vorschein, die er nervös zu kneten begann. »Vorher verraten Sie mir, was los ist. Ich habe Sie vor wenigen Minuten auf dem Bahnsteig beobachtet.«

Philip schüttelte den Kopf. »Erzählen Sie mir, was gestern bei Ihnen im Pfarrhaus geschehen ist.«

»Aber danach sind Sie an der Reihe. Einverstanden?«

»Seit wann machen Priester Geschäfte?«

Kahlscheuer presste die Lippen aufeinander. Seine Miene verzog sich zu einer schmerzverzerrten Grimasse, als er seinen arthritischen Leib nach vorne beugte. Trotzdem konnte Philip ihn kaum verstehen.

Während er seine Finger weiter bearbeitete, berichtete der Priester von Eleonore Berder, die inmitten eines

Schneetreibens vor seinem Pfarrhaus aufgetaucht war, obwohl sie eigentlich auf die Intensivstation des Jüdischen Krankenhauses in Wedding gehörte. Er schilderte die Panik, die sie ergriffen hatte, als plötzlich jener Mann auftauchte, den sie Lacie nannte – einen Abgesandten des Vatikans. Das pockennarbige, bleiche Gesicht, das Kahlscheuer dabei beschrieb, ließ Philip aufhorchen.

Vor seinem geistigen Auge tauchte eine Gestalt auf. Ihr Gesicht war voller Narben und so kahl und knochig, dass es wie ein übel zugerichteter Totenschädel aussah. Dunkle Ringe unter den Augen bildeten die einzige Farbschattierung in einer gespenstischen Blässe. Der Mann griff nach dem Fotoapparat ... Kein Zweifel, dieser Lacie hatte nicht nur seine Großmutter umgebracht, er hatte auch den Mord an Rüdiger Dehnen, dem Fotografen, auf dem Gewissen. Das konnte kein Zufall sein.

Dem alten Mann vorne im Waggon war der Kopf auf die Brust gesunken, seiner Nase entrang sich ein mattes Schnarchen.

Philip nahm die Bommelmütze vom Kopf und rieb sich den kahlen Schädel. Hatte er vor wenigen Minuten tatsächlich nach einem Ziel gesucht? Um Antworten gerungen? *Blödsinn!* Erst die grauenhafte Vision, jetzt der Priester mit seiner Botschaft. Nichts anderes als eine Botschaft war es. Wann begriff er endlich, dass die Dinge einfach geschahen, ganz ohne sein Zutun. Er musste sich nur darauf einlassen und sie akzeptieren. Früher oder später würde er dann automatisch auf die Antworten stoßen.

Kahlscheuer musterte ihn. Er hatte aufgehört, seine gichtigen Finger zu kneten. Jetzt wirkte er, als warte auch er dringend auf Antworten. Philip war noch nicht bereit, sie ihm zu geben. »Sie glauben, dieser Lacie hat es auf mich abgesehen?«

»Ja.«

»Was macht Sie so sicher?«

»Kurz bevor er Ihrer Großmutter das Genick brach, sagte er ihr, sie hätten ihren Mann gekriegt. Und auch Philip werde ihnen ins Netz gehen. Es sei nur eine Frage der Zeit.«

»Das hat er gesagt?«, fragte Philip ungläubig.

»Ja.«

»Er sprach von ihrem Mann?«

»Offenbar Ihrem Großvater.«

Es gab nichts, was Philip an seinen Opa erinnerte. Aber das war nicht weiter verwunderlich. Er hatte überhaupt keine Erinnerung an seine Familie. Laut seinem Vater existierte sie nicht. *Wahrscheinlich ist dasReckspack gestorben.* Das war eine Lüge, so viel war inzwischen klar. Aber da war noch etwas. »Dieser Lacie ... er ist ein Kollege von Ihnen?«

Kahlscheuer rieb sich das rotwangige Gesicht. »Ein Kollege?«

»Ein Abgesandter des Vatikans. Ein Priester.«

»So was ist kein Priester!«

»Dann eben ein Pfarrer. Oder was auch immer.«

»Er ist ein Mörder«, spuckte Kahlscheuer aus.

Die S-Bahn verlangsamte, obwohl sie noch einige Kilometer von der nächsten Station entfernt war. Philip schaute durch die zerkratzte Scheibe nach draußen. Außer Schneeflocken, die der Wind gegen das Glas hämmerte, konnte er nichts erkennen. »Mag sein«, wandte er sich wieder an den Priester. »Aber ich frage mich: Warum interessiert sich der Vatikan für meine Familie? Für meinen Großvater? Meine Oma?« Er hielt den Atem an. Leise fügte er hinzu: »Und für mich?«

Kahlscheuer zuckte die Achseln. »Sagen Sie es mir!«

Obwohl die Heizung in dem Waggon auf Hochtouren lief, griff eine eiskalte Gänsehaut nach ihm. Da war sie, eine der vielen Antworten, nach denen er sich sehnte. Er fragte Kahlscheuer: »Können Sie sich daran erinnern, worüber wir in Ihrem Pfarrhaus gesprochen haben?«

»Ja, doch.« Der Priester begann abermals seine verkrümmten Finger zu malträtieren, als machte das Thema ihn verlegen. »Wir sprachen über den Tod.«

»Richtig«, pflichtete Philip bei. »Und falsch. Denn eigentlich haben wir uns über die *Toten* unterhalten. Über verlorene Seelen, die aus dem Jenseits zurückkehren.« Er machte eine kurze Pause. *Ich passe auf dich auf!* Mit diesen Worten war ihm seine Großmutter am Potsdamer Platz das erste Mal gegenübergetreten. Jene alte Frau, deren Lebenskraft allmählich nachgelassen hatte. Er fügte hinzu: »Und über jene Menschen, die in Kontakt stehen zu den Geistern.«

»Das war Ihre These.«

»Nein, das ist es nicht«, widersprach Philip. Auf einmal wusste er ganz genau, warum sich der Vatikan ausgerechnet für ihn interessierte. »Es ist keine These.«

Berlin

»Seien Sie still!«

Die schrille Stimme Jakob Kahlscheuers hallte durch den stickigen Waggon. Der Mann weiter vorne schaute auf, blinzelte verstört zwischen Kapuze und Schal hervor, dann sank sein Kopf zurück auf die Brust. Gleich darauf entrang sich seiner Kehle erneut ein leises Schnarchen. Kahlscheuer gab vor, ihn zu beobachten. Aber eigentlich wich er nur den eindringlichen Blicken von Philip Hader aus.

Dieser fragte: »Wovor haben Sie Angst?«

»Ich habe keine Angst.« Kahlscheuers Widerspruch klang so schwach, dass er ihn selbst nicht überzeugte.

Zu gut waren ihm Haders Fragen über die verlorenen Seelen im Gedächtnis. Auch das, was Eleonore Berder gesagt hatte, kurz bevor sie der Schlaganfall auf offener Straße heimsuchte, war ihm nicht entfallen. Beide Male hatte er mit Antworten reagiert, die ihm die vielen Jahre, seit seinem Studium und der Priesterweihe, wie selbstverständlich über die Lippen gekommen waren.

In Wahrheit waren es nur Ausflüchte, wohlfeile Bibelsprüche. Hatte er sich tatsächlich dahinter versteckt? Hinter einer Kirche, die alte, gebrechliche Frauen ermordete? *Schäm dich!*

»Sie sagten, ich könne Ihnen helfen?«

»Ja«, erwiderte Hader. Vor einer ganzen Weile schon hatte er sich die Mütze vom Kopf gezogen, doch noch immer rieb er sich den rasierten Schädel. Er wirkte verzweifelt. Zumindest in diesem Punkt hatte er sehr viel mit Kahlscheuer gemeinsam. »Das wäre schön.«

»Wobei kann ich Ihnen helfen?«

Zögernd entgegnete Hader: »Sie werden es mir nicht glauben.«

Der Tonfall, in dem er es sagte, brachte Kahlscheuer abermals aus dem Gleichgewicht. Er brauchte einige Sekunden, bis er sich gesammelt hatte. Beherrscht forderte er dann den jungen Mann auf: »Erzählen Sie!«

»Menschenleben sind in Gefahr.«

Kahlscheuer knetete seine Finger, in denen wieder die Krämpfe pochten. Die letzten Stunden, die er in der Kälte verbracht hatte, waren ihm nicht gut bekommen. »So weit waren wir schon. Also sind Sie doch auf der Flucht?«

»Es geht hier nicht um mich.«

»Sie müssen mir schon mehr verraten, wenn ich Ihnen helfen soll.«

Der Junge wartete einen Moment, bevor er antwortete. »Es wird ein Attentat geben. In einem Flugzeug.«

»Ein Attentat?« Kahlscheuers Stimme rasselte. »Sind Sie sich sicher?«

»Ja!«

Die Antwort kam schnell. In seinen Ohren *zu* schnell. Er wollte wissen: »Was haben Sie damit zu tun?«

»Nichts! Außer dass ich es verhindern muss.«

»Warum rufen Sie nicht die Polizei? An jedem Flughafen gibt es Sicherheitskräfte, den Bundesgrenzschutz, der ...«

»Die würden mir nicht glauben.«

Kahlscheuer stieß die Luft aus seinen Lungen. Die Schmerzen in seinen Gelenken nahmen zu. »Was würden Sie Ihnen nicht glauben?«

»Ich habe keinerlei Beweise. Ich weiß nur, was ich gesehen habe.«

»Herrgott, reden Sie doch! Was haben Sie gesehen?«

Wieder wartete Hader. »Ich habe gesehen, wie es passiert ist!«

Kahlscheuer schüttelte den Kopf. Sein strähniges Haar fiel ihm ins Gesicht. Er ließ es dort hängen, weil er seinem Arm keine unnötige Bewegung zumuten wollte. »Aber das ist doch ...« Etwas drängte sich in seinen Verstand. Er wehrte sich dagegen. Sie drehten sich im Kreis. Er wollte nichts darüber wissen. Trotzdem stellte er die Frage: »Von wem, sagten Sie, haben Sie davon erfahren?«

»Ich habe keinen Namen genannt.«

»Sagen Sie es mir!« Kahlscheuers Stimme schwoll an. Der ältere Herr vorne im Abteil erwachte wieder.

»Ich sagte doch schon: Sie glauben es mir nicht.«

»Der Glaube ist mein Beruf.« Die Worte waren draußen, noch ehe er darüber nachdenken konnte. Der Junge lächelte. Offenbar sah er ihm an, dass er selbst seit Monaten um seine Überzeugung kämpfte.

»Wir sprachen über Menschen und die verlorenen Seelen.«

»Ihre These.« Kahlscheuer rutschte auf der Sitzbank herum, als wäre sie ihm unbequem geworden. So unbequem wie das Weltbild, das hinter Haders Worten verborgen lag.

Nun war er sich gar nicht mehr so sicher, ob er sich seiner Verantwortung stellen wollte. Er wünschte sich zurück in sein Pfarrhaus. Auch wenn es kein Zuhause war, bot es doch zumindest Sicherheit vor den Unwägbarkeiten dieses anbrechenden Tages. In Neukölln lag eine geordnete Welt voller klarer Richtlinien, vorgegeben von der Bibel. Selbst das Asyl der Obdachlosenhilfe mit seinen Pennern und Stadtstreichern erschien ihm plötzlich als ein gar nicht so schlechter Ort. Deren Leben war schlicht, einzig darauf ausgerichtet, eine nächste warme Mahlzeit zu bekommen. Und einmal im Monat einen Gottesdienst zu erleben. Womit er wieder beim Glauben war.

Glauben!

Es dauerte eine ganze Weile, bis er weitersprach. Er flüsterte fast. »Sie wollen doch nicht etwa behaupten, Sie hätten Kontakt zu den Toten?«

Der Junge nickte mit aller Entschiedenheit. »Doch.«

Wieder antwortete Kahlscheuer ohne nachzudenken: »Das glaube ich nicht.«

Der Junge lächelte freudlos. »Gerade sagten Sie noch, der Glaube sei Ihr Beruf.«

»Das ist etwas ...«

»Etwas anderes?«, unterbrach ihn Hader.

Jetzt schien das Polster unter Kahlscheuers Po zu brennen. »Nein. Nein, das können Sie nicht von mir verlangen.«

Hader blickte ihn ernst an. »Das tue ich auch nicht. Ich bitte Sie nur darum, mir zu helfen.«

Für den Rest der Fahrt sagte keiner ein Wort. Der Priester schien tief in Gedanken versunken zu sein. Philip unterdessen ließ die Erkenntnis sacken, die er vor wenigen Minuten gewonnen hatte.

Als sie am S-Bahnhof Schönefeld ausstiegen und der Schneesturm ihnen seine ganze Brutalität entgegenschleuderte, klang Kahlscheuers Stimme wie eine rostige Gießkanne: »Das wird ja immer schlimmer!«

Philip, der seine Kopfhaut hastig unter Kens Bommelmütze verbarg, reagierte nicht. *Etwas ist im Anmarsch.* Das waren Ritz' Worte gewesen. Tatsächlich hatte das Schneetreiben in den letzten Minuten, seit sie in Treptow in die Bahn gestiegen waren, noch einmal zugelegt. Die Flocken wirbelten so dicht beieinander, dass kaum noch die Hand vor Augen auszumachen war, geschweige denn die Ampel auf der anderen Straßenseite. Doch sie liefen kaum Gefahr, überfahren zu werden. Autos waren nur wenige unterwegs. Und jene Fahrer, die sich auf die Straße gewagt hatten, fuhren im Schritttempo über den Asphalt, in der Hoffnung, dass das technische Wunderwerk ABS ihnen auf ihren Wegen beistand.

Unbeschadet kreuzten Philip und sein Gefährte die Straße, auf der sich zentimeterhoch ein weißer Teppich wob. Vom Winterdienst war weit und breit nichts zu sehen oder zu hören. Sie ließen die anderen Reisenden hinter sich, die mit ihnen aus der Bahn gestiegen waren, und strebten in die Richtung, in der sie den Flughafen vermuteten.

Schneidender Wind stemmte sich ihnen entgegen, als wollte er sie von ihrem Vorhaben abhalten. Auch die Schneeberge, die die Räumdienste vor scheinbar ewigen Zeiten von den Straßen auf die Bürgersteige geschoben hatten, erschwerten das Vorankommen.

Als sie endlich das Terminal erreichten, war ihre Kleidung durchnässt, und sie froren jämmerlich. Trotzdem blieb Philip wie angewurzelt vor dem Eingangsportal stehen. Obwohl er sich nichts sehnlicher wünschte, als diesem tosenden Sturm zu entkommen, konnte er sich plötzlich nicht mehr bewegen.

»Was ist los?« Der Priester sah ihn irritiert an. »Warum kommen Sie nicht?«

Von Philips Entschlossenheit war nichts mehr übrig. Er zitterte, nicht nur vor Kälte. Die riesige Abflughalle des Flughafens Berlin-Schönefeld war voller Menschen. Es waren mehr Fluggäste, als Philip wenige Tage vor Weihnachten, noch dazu bei diesem Unwetter, erwartet hatte. Die breite Leuchttafel, die gegenüber dem Eingang über alle Abflüge informierte, verriet ihm, mit einem goldenen Adventsstern verziert, den Grund: Alle Flieger, die für heute eingeplant waren, waren verspätet, verschoben oder gleich gestrichen. An diesem Sonntagmorgen hatte sich noch kein einziges Flugzeug vom Boden erhoben.

Vorsichtig machte er einen Schritt. Die Schiebetür glitt auseinander. Warme Luft kroch ihnen entgegen, angereichert mit dem ungeduldigen, genervten Geplapper der Wartenden. Kahlscheuer lief ins Gebäudeinnere. Philip verharrte wieder auf der Stelle.

Im Erdgeschoss lungerten die Touristen, Geschäftsleute und Familien auf den Sitzschalen in den Wartebereichen oder trieben sich in den wenigen Geschäften herum, die geöffnet hatten. Die Auslagen beim Bäcker und in den Cafés, üblicherweise reichhaltig mit belegten Brötchen, Teigwaren und Torten gefüllt, waren nahezu leer. Nicht etwa, weil heute Sonntag war. Schilder gaben Auskunft darüber, dass Frischwarenlieferungen wegen des anhaltend schlechten Wetters ausgeblieben waren: *Liebe Kunden, wir bitten um Ihr Verständnis.*

Die leeren Vitrinen erinnerten ihn daran, dass er seit dem Caesars-Chicken-Salat ohne Hähnchen im *Habana* gestern Abend nichts mehr zu sich genommen hatte. Aber Hunger verspürte er nicht.

Sosehr ihm der Jahrhundertwinter Sorgen bereitete, möglicherweise hatte er in diesen Stunden auch sein Gutes: Vielleicht erwies sich seine Vision als falscher Alarm. Wenn kein Räumdienst mehr ausrückte und keine Flieger sich in die Lüfte erhoben, dann würde auch kein Unglück geschehen.

»Was ist mit Ihnen?«, rief Kahlscheuer ungeduldig. Er zupfte die Handschuhe von den Fingern, steckte sie in die Manteltaschen. Anschließend schlug er den Kragen zurück. Jetzt war das schmale weiße Priesterleinen nicht mehr zu übersehen. »Warum kommen Sie nicht?«

In der ersten Etage erregten die Schalter mit den violetten Schildern einer Fluglinie Philips Aufmerksamkeit. *Passagiere, die in lilafarbene Sitzbezüge gepresst wurden.* Schweiß brach ihm aus. Nein, er durfte keinem Fehlglauben erliegen: Heute stiegen noch Flugzeuge auf, und eines würde sein Ziel ganz bestimmt nicht erreichen. Seine Fähigkeiten hatten ihn noch nie betrogen. Doch in diesem Augenblick waren sie sein größtes Handicap. Bei dem Gedanken, in die gereizte, rücksichtslose Menschenmenge zu tauchen, eine Berührung nach der anderen zu erleiden, wurde ihm übel.

Er presste Luft in seine Lungen, gab sich einen Ruck. Er hatte keine andere Wahl. Es war seine Bestimmung.

»Dorthin«, sagte er und wies auf die Rolltreppe, die zu den Abfertigungsschaltern von *Germanwings* hinaufführte. Hastig schlängelte er sich an den Menschen vorbei, sorgsam darauf bedacht, jeden Körperkontakt zu vermeiden. Sie erreichten das erste Stockwerk. Noch mehr Menschen, viel zu viele. Manche schliefen, einige schwiegen, die meisten eilten kreuz und quer durch die Halle, sprachen miteinander, riefen und schrien. Immer wieder wurde die unentwirrbare Kakofonie der Stimmen von einem Gong und einer anschließenden Durchsage durchbrochen.

»Und jetzt?«, fragte Kahlscheuer.

Philip hastete in eine Nische zwischen die Geschäfte zweier Last-Minute-Anbieter. Er riss sich Kens Strickmütze vom Kopf, zupfte nervös an dem Stoff. Er verspürte Durst auf einen Wodka Lemon. Der raue Alkohol in seinem Mund, warm in seinem Magen, würde ihm den notwendigen Mut verleihen für das, was ihm bevorstand. Doch er konnte wohl kaum den Priester damit beauftragen, ihm einen Longdrink zu besorgen. Daher forderte er ihn nur auf: »Halten Sie Ausschau!«

»Wonach?«

»Nach ...« Er hatte sagen wollen: *Nach einem Mann mit Koffer.* Aber das war eine Information, die an diesem Ort nicht weiterhalf.

»Nach den Sicherheitskräften?«, mutmaßte Kahlscheuer.

Philip wehrte ab: »Die können uns nicht helfen.«

»Wonach denn dann?«

Philip blickte den Priester an. »Dem Mörder natürlich! Dem Attentäter!«

Obwohl er die Worte leise zischte, wandten sich die Blicke der umstehenden Reisenden ihnen zu. Eine ältere Dame, die Gummistiefel trug, runzelte die Stirn, bevor sie mit quietschenden Sohlen verschwand. Ein Geschäftsmann im Anzug zog seine kleine Tochter an sich.

Philip beachtete sie nicht. Er versuchte über die Distanz, Gesichter in den dichten Menschentrauben vor den *Germanwings*-Schaltern zu unterscheiden. Wie Ameisen waberten die Wartenden umher, in der Hoffnung, dass die Frauen in den violetten Röcken ihnen endlich die Bordkarten aushändigten. Doch die Damen hinter den

Tresen brachten nur ihre blitzend weißen Zähne hervor. Irgendwie grinsten Stewardessen immer, egal, ob Sommer oder Winter. Ob sie auch grinsten, wenn sie erfuhren, dass ihre Maschine in Fetzen gerissen wurde?

»Ich muss ihn alleine suchen«, sagte Philip.

»Das ist doch irre!«, entgegnete Kahlscheuer. »Lassen Sie uns den Sicherheitsdienst rufen.«

»Nein«, widersprach Philip. Was hätte er den Beamten schon großartig erklären können? Dass er einen Attentäter gesehen hatte? Nämlich in einer Vision? Abgesehen davon, dass ihm keiner glauben würde, er wusste ja nicht einmal, wie er den Typen beschreiben sollte, mit dem er am S-Bahnhof Treptower Park zusammengestoßen war. Wenn er wenigstens so ausgesehen hätte, wie man sich beim Verfassungsschutz und Nachrichtendienst einen Attentäter vorstellte: dunkle Haut, schwarzes Haar, dichter Bart, finsterer Blick, nach Möglichkeit noch ein arabischer Akzent. Doch stattdessen hatte er Winterklamotten getragen. Bleiches Gesicht. Schütteres Haar. Ein Allerweltsgesicht. Es traf auf ungefähr die Hälfte der im Flughafen versammelten Männer zu.

Philip ruckte mit dem Oberkörper nach vorne. Doch seine Füße folgten nicht, schienen in den Betonfußboden eingelassen zu sein. Der Schweiß floss inzwischen in Strömen an ihm herab, wie der schmelzende Schnee von seiner Kleidung. Fieberhaft überlegte er, wie er seiner Aufgabe gerecht werden konnte. Es wollte ihm nichts Gescheites einfallen. Verzweifelt sagte er: »Er ist nur eine Bahn vor uns eingetroffen.« Wie lange war das her? Fünf Minuten? Zehn? Maximal fünfzehn. »Keinesfalls hat er die Zeit gefunden, mit seinem Koffer einzuchecken.«

Kahlscheuer klatschte zufrieden in die Hände. »Dann werden die Sicherheitskräfte die Bombe entdecken, sobald sie den Koffer durchleuchten.«

»Das werden sie nicht!« Philip wischte sich mit der Strickmütze das Wasser von der Stirn. Die kalten Klamotten klebten ihm am heißen Körper, kein angenehmes Gefühl.

»Ach, kommen Sie!«, widersprach Kahlscheuer. »Bei dem ganzen Sicherheitszirkus, der neuerdings veranstaltet wird, kommt doch kein ...«

»Nein!«, rief Philip. »Ich weiß, dass es passieren wird!« Die Vision war klar und deutlich gewesen. Aber das sagte er seinem Begleiter nicht. »Wie auch immer er die Bombe an Bord schmuggelt, es gelingt ihm.«

Der Priester schaute ihn skeptisch an. Es war ihm deutlich anzusehen, welche Frage ihm auf der Zunge brannte. *Woher wissen Sie das?* Aber er schluckte sie hinunter. »Vielleicht stimmt es, was Sie sagen.« Kahlscheuer nickte ungeduldig. »Aber, Herrgott, je länger wir warten, umso größer ist die Gefahr, dass er tatsächlich eincheckt, die Kontrollen passiert und ...«

»... wir ihn nicht mehr finden«, vollendete Philip. Er blickte auf das hektische Durcheinander, in das er sich nicht traute. Zum Teufel, er musste endlich seinen Arsch bewegen.

»Worauf warten Sie dann noch? Warum suchen Sie ihn nicht?«

Philip sah den Priester niedergeschlagen an. »Ich kann es nicht.«

Beatrice öffnete die Augen. Der Priester zeigte keine Spur einer körperlichen Veränderung. Die steife Haltung, mit der er neben ihr auf der Matratze saß, drückte seine permanente Anspannung aus. Unablässig gruben sich seine Zähne in den Kaugummi. Gelegentlich wischte er sich mit der Hand die Nase.

Ihr Blick fand das *Achat,* das zwischen seinen Fingern ruhte. Der irisierende Glanz jener Rose, die keine war, war erloschen. Nicht einmal mehr eine Spur von dem Glühen, das sie so fasziniert hatte, als sie in der *Royal Bank of Scotland* den Deckel von der Schatulle gehoben hatte.

Zögernd streckte sie die Hand danach aus. Ihr entging nicht, wie der Geistliche nur mit Mühe dem Impuls widerstand, ihr das *Achat* zu verweigern. Aber letztlich erkannte er, dass er keine andere Wahl hatte. Er reichte ihr das mächtige Artefakt, und sie nahm es zwischen die Finger.

In London hatte es sich angefühlt wie nicht von dieser Welt. Jetzt war es nichts weiter als ein kaltes, nutzloses Stück Mineral.

Da war keine Wärme mehr, die es erfüllte. Kein Schaudern, das es erzeugte. Kein Beben, das es tief aus dem Erdinneren hervorrief. Keine fremden, machtvollen Wesenheiten, die es begleiteten, die Beatrice noch in London unaufhaltsam umkreist und sanft berührt hatten.

Nichts von alledem. Nur ihrer beider Atem. *Das darf nicht wahr sein!*

Beatrice schoss alle Behutsamkeit in den Wind. Sie umfasste das *Achat* noch entschlossener. Ihre Finger verkrampften sich wie die Krallen eines Raubtieres um seine Beute. *Warum war das geheimnisvolle Leben, das das Achat beseelt hatte, verschwunden?* Die Knöchel traten weiß unter der Haut hervor. Das Einzige, was sie spürte, war das

Blut, das vor lauter Anstrengung hinter ihren Schläfen pulsierte.

Verärgert stieß sie die Luft aus ihren Lungen. Das leblose Gebilde entglitt den Fingern und fiel ihr in den Schoß. Dort blieb es liegen, ohne dass sich etwas regte. Auch der Priester rührte sich nicht. Er sah sie nur erwartungsvoll an. »Was ist los?«

Sie zuckte die Achseln. »Nichts.«

»Verarschen Sie mich nicht!« Seine Hand schoss hervor und schlug auf ihre Wange. Ein Knall, noch lauter als das Quietschen des Bettgestells. Ihr Kopf schleuderte herum, der Körper folgte. Etwas unter ihr rasselte, eine Bettfeder oder eine Schraube, die durch die abrupte Bewegung aus der rostigen Fassung gerissen wurde. Die Matratze hing plötzlich durch. Es knackste und jaulte unter ihr. Dann brach die ganze Konstruktion wie ein Kartenhaus zusammen.

Beatrice schrie auf, ihr Körper wurde ein weiteres Mal herumgewirbelt. Dabei machte das *Achat* einen Satz. Es beschrieb einen Bogen durch die Luft, elegant wie in Zeitlupe. Doch weder der Priester noch sie selbst waren in der Lage, sich dem verhängnisvollen Lauf der Slow Motion entgegenzustemmen. Beatrice lag noch mit verknoteten Gliedern auf der fleckigen Matratze, der Priester mit seiner Soutane im Staub daneben, als die Rose bereits mit einem hässlichen Knirschen auf dem Betonboden landete.

»Was haben Sie getan?«, schrie der Geistliche entsetzt, während er aufsprang und sich dabei den Staub von der Kleidung klopfte.

»Ich?«, brüllte sie.

Ungläubig starrte er erst sie an, dann die Rose, die auf dem schmucklosen Boden lag. Unversehrt.

»Verarschen Sie mich nicht«, hustete der Mann.

»Was wollen Sie von mir?«

»Sorgen Sie dafür, dass das *Achat* seine Kräfte entfaltet!«

Sie schluckte. Sie spürte Tränen auf ihren Wangen. Sosehr sie sich dagegen sträubte, Verzweiflung und Angst wucherten wie giftige Pflanzen. »Es funktioniert nicht.«

Sie duckte sich, als der Priester die Hand zu einem weiteren Schlag hob. Dann besann er sich und wandte sich ab. Mit energischen Schritten durchmaß er den Raum und rieb sich die Wangen. Dann zog er schniefend die Nase hoch, schüttelte den Kopf, grub die Finger in die Taschen seiner Soutane und brachte ein Taschentuch zum Vorschein, in das er schnäuzte. Sie sah ihm an, was er dachte: *Das ist unmöglich!*

Das waren auch ihre Gedanken. Aber da war noch mehr, was sie beschäftigte, schon seit dem Moment an, als ihr das fehlende Glimmen des *Achats* aufgefallen war. Wenn seine geheimnisvolle Kraft versiegt war, konnte das nur bedeuten, dass der Plan außer Kontrolle geriet. War ihr Bruder etwa in Gefahr?

Auf einmal hatte sie es ziemlich eilig, das zu tun, was ihre Aufgabe war. Sie musste Philip erreichen. So schnell es nur ging.

»He, Sie da!«

Philip war mit sich, der quälenden Unfähigkeit, sich zu bewegen, und dem Gewimmel vor den *Germanwings*-Schaltern beschäftigt. Überall in der riesigen Abfertigungshalle standen Reisende, ein Mahlstrom aus Menschen, in dem es entnervt schimpfte, gelangweilt lachte, aufgeregt brüllte. Einer einzelnen Stimme schenkte er keine Aufmerksamkeit.

»Würden Sie bitte hervortreten!«

Es war Kahlscheuer, der sich umdrehte und fragte: »Meinen Sie uns?«

»Sehen Sie noch jemand anderes?«

Diesmal blickte auch Philip zur Seite. Der Durchgang vor den beiden Reisebüros lag leer und verlassen. Nur vier Männer hielten sich dort noch auf. Sie trugen die grünbeigen Uniformen des Bundesgrenzschutzes. Maschinengewehre hingen an Riemen über ihren Schultern.

Einer der Beamten, offenbar der Ranghöchste, blickte mit erhobenen Augenbrauen zu dem Familienvater, der sich ein paar Meter weiter in Sicherheit gebracht hatte. Er drückte die Tochter an sich und nickte, ohne dabei Philip anzusehen. *Ja, genau, das sind sie! Sie haben sich über ein Attentat unterhalten!*

Philip klammerte sich an seine Strickmütze. Langsam floss das Blut wieder durch seine klammen Hände, kehrte das Gefühl zurück – und mit ihm die Einsicht. In einer Zeit, in der das Damoklesschwert des Terrorismus allgegenwärtig über den Köpfen der Menschen schwebte, war es äußerst riskant, sich bei der Suche nach einem gefährlichen Mann, der so unauffällig war wie ein Huhn in einer Legebatterie, auffällig zu verhalten.

Der Beamte trug ein strenges, Respekt einflößendes

Gesicht zur Schau. Ganz im Gegensatz dazu war seine zuvorkommende Stimme hörbar darum bemüht, keinen Aufruhr zu entfachen. »Wir möchten Sie bitten, uns zu begleiten.«

Das Stimmengemurmel in ihrer Umgebung verebbte allmählich. Immer mehr der umstehenden Flugreisenden wurden aufmerksam.

»Wieso? Was ist?«, gab sich Philip ahnungslos.

»Wir möchten uns gerne mit Ihnen unterhalten.«

»Worüber?«

Die vier Beamten kamen näher. Die Menschen im Terminal, für die das Geschehen sicherlich eine willkommene Abwechslung zum langweiligen Warten war, hielten dagegen gebührenden Abstand.

»Bitte kommen Sie mit.«

»Hören Sie«, sagte Kahlscheuer und hob beschwichtigend die Hände, »wir können Ihnen das erklären.«

Der Uniformierte sagte, und jetzt klang er nicht mehr so beherrscht wie noch zu Beginn: »Das steht Ihnen frei. Aber nicht hier.«

Philip straffte seinen Rücken, blickte über die Schultern der Sicherheitsbeamten. Wo, verdammt, blieb Kommissar Berger?

Ein Blick nach draußen zeigte, dass das Schneetreiben erneut zugenommen hatte. Vermutlich steckte der Polizist im Verkehr fest. Er sagte: »Nein!«

»Machen Sie keine Dummheiten«, ermahnte ihn Kahlscheuer.

Die Menschenmenge war Philip ein Graus gewesen. Noch mehr aber fürchtete er sich davor, von den Beamten abgeführt zu werden. Darauf lief es jedoch hinaus. Als wollten die Beamten die ausweglose Situation untermauern, schlossen sie den Halbkreis enger. Philip wich zurück. In seinen Rücken bohrte sich ein Widerstand. Der Weg wurde ihm durch die Seitenwände der Last-Minute-Läden versperrt.

»Kommen Sie mit!«

Einer der Beamten packte seinen Arm. Philip ließ die Mütze fallen, wollte sich aus der Umklammerung entwinden. Vergebens. Der Griff war eisern. Heiß wie der Blitz vor Philips Augen. Ein zweiter Beamter schob ihn vorwärts. Eine ganze Flut von Bildern strömte auf ihn ein. Kraftlos sank er zu Boden. Die beiden Männer ließen ihn augenblicklich los.

Röchelnd hockte Philip in den schmutzigen Pfützen, die ihre Stiefel auf dem Betonfußboden hinterlassen hatten. Sein Atem ging unkontrolliert. Es fiel ihm schwer, sich zu konzentrieren. Langsam hob er den Kopf. Gesichter starrten ihn erwartungsvoll an. Ein Meer aus staunenden Augen und entsetzt aufgerissenen Mündern.

Ein Gesicht stach aus der Menge hervor. Eines, das ihm heute schon einmal begegnet war. Sein Besitzer hatte sich seiner Winterjacke entledigt, er trug ein Hemd und eine Krawatte, die sich farblich bissen: grün und blau. Aber guter Geschmack war für seine Aufgabe auch nicht gefragt. Ungeachtet der dramatischen Ereignisse, die sich ein paar Meter weiter vollzogen, war er in ein Gespräch vertieft. Die Frau neben ihm trug die Uniform einer Stewardess. Sie hatte einen Koffer in der Hand. Er war identisch mit jenem, den er emporhielt.

Sie tauschen die Koffer!

Es fiel Philip wie Schuppen von den Augen. *So* kam die Bombe an Bord.

»Die da!«, hustete er und wies mit der Hand auf die beiden. »Das ... sind ... Attentäter!« Die Sicherheitskräfte hielten nur ihn im Visier. Ihre Blicke sprachen Bände: *Glaubst du etwa, wir fallen auf so einen dummen Trick herein?*

Sein Aufschrei allerdings hatte die Aufmerksamkeit der

beiden Terroristen erweckt. Ihre Köpfe wandten sich in seine Richtung.

Jetzt oder nie!

Philip konzentrierte alle Kräfte, über die er noch verfügte, in seinen Beinen. Er federte vom Boden empor, schneller, als er es selbst für möglich gehalten hätte.

»Stehen bleiben!«, riefen die Beamten hinter ihm. Sie zückten die Waffen, entsicherten sie mit einem mechanischen Klicken. Doch da tauchte Philip bereits in die Menge der Schaulustigen. Diese zuckten zurück, teilten sich wie ein Meer vor ihm. Was ihm einerseits nur recht war. Andererseits boten sie den Sicherheitskräften ein freies Schussfeld. Deshalb schlug er einen Haken. Und noch einen. Sie würden nicht blindlings in die Menge feuern.

Über die Miene des Attentäters zog ein Hauch des Verstehens. Er wandte sich ab, suchte nun selbst Zuflucht in der Menschentraube. Doch Philip bekam seinen Hemdsaum zu fassen, roch augenblicklich den durchdringenden Geruch von Rosenwasser. Wenn es noch einen Zweifel gegeben hatte, jetzt war er beseitigt. Umso fester krallten sich seine Finger in den Stoff, es knirschte, als er den Flüchtenden an dem Zipfel herumriss. Die Bilder, die augenblicklich vor seinem inneren Auge erschienen, überraschten ihn nicht. Er hatte sie schon einmal gesehen.

Philip griff nach dem Koffer. Der Mann war wohl zu überrascht, um sich zu wehren, schaute ihn nur verwundert an. Philip versetzte ihm einen Stoß. Der Mann strauchelte und stürzte. Für einen Moment verspürte Philip so etwas wie Genugtuung.

Sie währte nicht lange. Während er mit dem Koffer in der Hand davoneilte, fragte eine Stimme in seinem Kopf: *Wohin?* Naheliegend waren die Sicherheitsbeamten. *Gib ihnen den Koffer und* ... Die schweren Stiefel krachten über den Boden, wurden von den hohen Decken der Terminalhalle in einem dutzendfachen Echo zurückgeworfen, als wären nicht vier Beamte, sondern eine ganze Kompanie hinter ihm her.

»Stehen bleiben!«, schrie einer der Sicherheitsbeamten. »Auf der Stelle!«

Philip hielt den Koffer hoch. »Das ist ...«, rief er. Noch während sein Mund die Worte formte, schalt er sich einen Narren. Etwas Dümmeres hätte er vermutlich nicht in die Stille des Terminals brüllen können! »... eine Bombe!«

Eine schwangere Frau in einem Pepita-Kostüm, die die Rolltreppe hochfuhr, stieß einen spitzen Schrei aus. Dann brach das Chaos aus. Menschen sprengten in alle Himmelsrichtungen auseinander. Ihre panischen Schreie hallten in der hohen Abfertigungshalle wider. Niemand scherte sich darum, dass ein Einsatzkommando den vermeintlichen Attentäter längst im Visier hatte. *Bloß weg hier,* war die Devise.

Unbeabsichtigt gaben sie Philip damit eine Chance zu entkommen. Noch bevor die Flüchtenden die Treppe erreichten, spurtete er selbst die Stufen hinunter.

»Hinterher!«, bellte jemand einen Befehl.

Die letzten Stufen bis zum Erdgeschoss nahm Philip mit einem Satz. Er rannte den Ausgängen entgegen. Die Türen glitten auf. Er hastete nach draußen. Blindlings in den schlimmsten Winter, den er je erlebt hatte.

Als das Bettgestell zusammengebrochen und das *Achat* auf den Betonboden gefallen war, hatte Cato vor Schreck seinen Kaugummi verschluckt. Er hatte husten, würgen müssen, doch das Kaugummi war bereits auf dem Weg Richtung Magen gewesen. Sein Mund war ihm plötzlich nutzlos vorgekommen. So wie er sich gefühlt hatte, seit er herausgefunden hatte, dass der Inhalt der Schatulle nicht das war, was er sich erhofft hatte.

Er hatte seine Wut an der jungen Frau ausgelassen, bevor er begonnen hatte, durch die unterirdische Kammer zu laufen. Fieberhaft suchte er dabei in seinen Taschen nach einem Ersatz, doch die Packung war leer. Den letzten Streifen *Airwaves* hatte er sich über die Lippen geschoben, kurz bevor das Mädchen aus der Betäubung erwacht war. Also brachte er nur ein Taschentuch zum Vorschein und schnäuzte sich die laufende Nase. Er verspürte ein scharfes Kratzen im Hals, außerdem brannten seine Augen. Erst die Hitze in Brasilien, jetzt die Eiseskälte in Deutschland, dazu der wenige Schlaf: Es wunderte ihn nicht, dass sein alter Körper streikte und er sich einen Schnupfen eingefangen hatte.

Trotzdem konzentrierte er seinen Ärger nur auf den mangelnden Nachschub an Kaugummis. Denn wenn er weiter darüber nachdachte, dass er all die Plackerei auf sich genommen hatte für dieses verfluchte Gebilde, das nun nicht einmal Wirkung zeigte, wurde er nur noch wütender. Und dann konnte er für nichts mehr garantieren.

»Was haben Sie vor?«

Die Stimme der jungen Frau schreckte ihn aus seinen Gedanken. Sie hockte inmitten der Überreste, die einmal ein Bett gewesen waren. Auf ihrer Wange prangte noch der feuerrote Abdruck seiner Ohrfeige. Ihre Kleidung war mit Rost und Schmutz besudelt. Doch das konnte ihr hübsches Aussehen nicht trüben, genauso wenig wie die kurz geschorenen Haare. Was eine Frau wie sie wohl dazu veranlasst hatte, sich all ihrer Haare zu entledigen? Er bemerkte, wie sie sich verbissen bemühte, die Fesseln an ihren Beinen zu lösen.

»Lassen Sie das!«, sagte er, und seine Stimme klang heiser in seinen Ohren. Er hustete. Sie unterbrach ihre Bemühungen. Er dagegen setzte seine Wanderung durch die Kammer fort. Von links nach rechts und wieder zurück. Fünf Meter im Quadrat.

Sie sah ihm eine Weile dabei zu. Irgendwann sagte sie mit herausfordernder Stimme, laut und deutlich: »Sie haben keine Ahnung, was Sie jetzt machen sollen, oder?«

»Seien Sie still!« Innerlich musste er ihr recht geben. Er wusste tatsächlich nicht, wie es weitergehen sollte – an die Möglichkeit, dass das *Achat* seine Macht verloren haben könnte, hatten weder er selbst noch seine Auftraggeber gedacht.

»Ich sage Ihnen, was Sie tun sollen: Befreien Sie mich von den albernen Schnüren und lassen Sie mich gehen.«

»Seien Sie endlich still!«

»Wovor haben Sie Angst?«

Er machte einen Schritt auf sie zu, hob die Faust. »Ich sagte, Sie sollen den Mund halten.«

Sie zog den Kopf zwischen die Schultern. »Haben Sie Angst, dass man uns hören kann?«

»Verdammt«, schrie er, doch mit seinen angeschlagenen Bronchien klang es wie ein Krächzen. »Halten Sie die Schnauze!«

Sie schwieg tatsächlich. Und lächelte.

Sie hatte es geschafft. Sie hatte ihn aus der Reserve gelockt. Er konnte sich nicht daran erinnern, wann das zum letzten Mal jemandem gelungen war. Er lockerte die

Faust, drückte die Knöchel der Finger, bis sie knackten. Dann setzte er sich wieder in Bewegung.

Nein, in dieser Kammer würde sie niemand hören. Sie diente ihm seit Jahren als Unterschlupf, wann immer er eine »Befragung« vornahm, die langwierig zu werden versprach. Hier konnte er Gespräche führen, ohne dass irgendjemand Notiz davon nahm. Selbst Schreie drangen nicht nach draußen an ein menschliches Ohr.

Durch Zufall war er vor Jahren auf die Kammer gestoßen. Er hatte einen seiner Gesprächspartner schnell und ohne Aufmerksamkeit zu erregen aus dem Weg räumen müssen. Als er plötzlich eine Polizeistreife um die Ecke hatte biegen sehen, war er kurzerhand in einen S-Bahn-Schacht gestiegen. Er hatte sich in den Bunkern, Fabrikeinheiten und verfallenen Untergeschossen unter Berlin wiedergefunden. Mit den S- und U-Bahn-Tunneln, die sich wie Bandwürmer durch die Stadt schlängelten, mit ungezählten Verästelungen, Unterführungen und Gängen, befand sich unter Berlin eine ganz eigene abgeschottete Welt.

Dennoch verspürte er Furcht. Angst davor, sich einzugestehen, dass er, Bischof de Gussa und das ganze Offizium einem Irrtum erlegen waren. Die junge Frau jetzt von ihren Fesseln zu befreien wäre nichts anderes als ein Eingeständnis ihres Scheiterns. Und ihre Suche würde wieder von vorne beginnen. Er wusste nicht, ob er noch die Kraft dazu hatte.

Seine Nase lief und er wischte sie erneut mit dem Taschentuch ab. Mattigkeit überwältigte seine Glieder, er fühlte sich ausgelaugt, nicht nur, was seine körperlichen Kräfte anging. Er verlangsamte seine Schritte, beobachtete die junge Frau aus den Augenwinkeln.

»Suchen Sie das Mädchen!«, hatte Bischof de Gussa ihm während ihres letzten Telefonats aufgetragen. Da war

Cato gerade auf dem Weg nach London gewesen, danach hatte er diesen Jammerlappen von Hotelier aufgesucht. Wie war noch sein Name gewesen? Paul Griscus. Oder Grisko? Wie auch immer. Der Bischof hatte gefordert: »Bringen Sie sie mir – und das, was sie besitzt.«

De Gussa war sich seines Sieges gewiss gewesen. Um Cato, der seit Tagen kaum ein Auge zugemacht hatte, noch einmal für den bevorstehenden Auftrag zu motivieren, hatte der Bischof hoffnungsfroh hinzugefügt: »Danach wird alles ein Ende haben. Sie gehen in den Ruhestand, Cato, den haben Sie sich verdient.«

Wenn es danach ginge, hätte Cato seine alten, verbrauchten Knochen längst zur Ruhe betten können. Getrieben von Kardinälen und Bischöfen, war er sein Leben lang von einem Ende der Welt ans andere gehetzt, stets darum bemüht, redselige Zeugen angeblicher Wunderheilungen zu vernehmen – und sie schließlich vom Gegenteil zu überzeugen. Er hatte nie am Sinn seiner Aufgabe gezweifelt – viel zu schnell wurde heute von einem Wunder gesprochen. Selbst der Flug zum Mond wurde als Wunder gefeiert. Aber das war er natürlich nicht.

Eines Tages war de Gussa an ihn herangetreten. Und sein Leben hatte sich verändert. Die Sache mit dem Offizium hatte so einfach begonnen. Selbst seinen ersten Mord hatte er ohne Skrupel ausgeführt, denn er tötete im Namen einer höheren Gewalt. Es war nicht bei einem Toten geblieben. Für jedes Problem, das er löste, tauchten zwei neue auf. Mit jedem Puzzleteil, das er entdeckte, wurde das Bild verworrener, das er im Namen des Offiziums – und im Namen Gottes – zusammensetzen wollte.

Und dann, gestern, hatte er sich endlich am Ziel geglaubt. Er hatte das Mädchen gefunden. Sie trug das *Achat* bei sich. Das Bild war endlich vollständig.

Aber sie ist es nicht! Dieser Satz kreiste einem Echo gleich in seinem Schädel. *Sie ist nicht die Richtige!* Da war noch ein sorgenvoller Gedanke, der sich in sein Bewusstsein drängte. Doch bevor er ihn zu fassen bekam, hallte es wieder in seinem Kopf: *Sie ist es nicht! Sie ist nicht die Richtige.*

Was er als Nächstes zu tun hatte, war klar: Er musste dem Bischof Bericht erstatten. Wovor er sich geradezu fürchtete, waren die erwartbaren Konsequenzen: Er musste erneut hinaus auf die Straße, in die Kälte, von einem Ort zum anderen hetzen, auf der Suche nach der Wahrheit. Am liebsten hätte er sich hingelegt, auf die Matratze neben das Mädchen, die Augen geschlossen und sich den heiligen Armen des Schlafes ergeben. Für den Rest seiner Tage.

Aber der Bischof würde das nicht erlauben. Entweder man teilte das Geheimnis des Offiziums oder ... Er fluchte in sich hinein. Es hatte keinen Sinn, das Unvermeidliche weiter hinauszuschieben. Er brachte einen Schlüssel zum Vorschein, schwenkte die schwere Stahlpforte nach innen und verließ den Raum. Mit einem lauten Krachen zog er die Tür zurück in die Angeln. Noch während er das Schloss hinter sich verriegelte, wählte er eine Nummer auf seinem Mobiltelefon.

Es dauerte eine Weile, bis die Handyantenne die dicken Wände des Bunkers bis zu einem Sendemast an der Oberfläche durchdrungen hatte. Im Geiste formulierte er derweil die Worte, die er gleich übermitteln würde. *Sie ist es nicht. Sie ist nicht die Richtige!* Das Freizeichen erklang. *Es ist nicht das* Achat. *Das* Achat *funktioniert nicht.* Da stieß der Gedanke, der sich ihm vor wenigen Minuten noch entzogen hatte, mit voller Wucht in seinen Schädel. Die Augen des Mädchens. In ihnen hatte sich unverkennbar seine eigene Überraschung widergespiegelt: *Das ist unmöglich!*

Der Schneesturm zerrte an Philips Kleidung, als wollte er sie ihm vom Leib reißen. Dann wieder schlug er ihm mit mächtiger Pranke ins Kreuz, drängte ihn vorwärts, als gäbe es keine Zeit zu verlieren.

Philip trieb sich zur Eile an. Was gar nicht so einfach war. Es kostete ihn zunehmend Mühe, die Schneehaufen auf den Gehsteigen zu überwinden. Seine Beine sträubten sich gegen die Anstrengung. Seine Füße stießen gegen Hindernisse. Einmal stolperte er, stürzte in den vereisten Schnee. Sofort drang der Frost durch die Fasern seiner Kleidung, heftete sich an seinen Leib. Die Haut schmerzte unter der eisigen Berührung. Trotzdem ließ er den Koffer nicht los.

Benommen rappelte er sich auf, torkelte weiter. Hinter ihm erklangen die Schreie der Reisenden, die wie er in das Schneegestöber flohen. Philip trieb sich zur Eile an.

Abrupt tauchte die Haltezone für Taxis vor ihm auf. Sonst reihten sich hier ganze Bataillone cremefarbener Fahrzeuge. An diesem Morgen versperrten ihm nur zwei Mercedes den Weg. Die anderen steckten auf halbem Weg nach Schönefeld im Sturm fest, oder ihre Fahrer waren gleich zu Hause geblieben. Philip beneidete sie. An einem Tag wie diesen, unter anderen Umständen, hätte er sein kleines Wohnklo in Kreuzberg sicherlich auch nicht verlassen.

Von den Fahrern der beiden Taxis vor ihm fehlte jede Spur. Aber selbst wenn sie in ihren Wagen gesessen hätten, es brachte nichts, eines der Gefährte zu besteigen. Zu Fuß konnte er die Sicherheitsbeamten schneller abschütteln.

Nach rechts ging es zu den eingezäunten Parkplätzen für Kurzzeitparker. Da würde er nicht weit kommen. Also rannte er nach links. Weg vom Terminal. Weg von den

Menschen. Immer weiter. Weiter. Bis er nur noch umgeben war von weißen Wänden, weißem Himmel, weißen Feldern. Die Schreie der Leute hinter ihm waren verstummt. Jetzt kreischte nur noch der Wind in seinen Ohren, schien ihn zu verhöhnen, grub sich mit spitzen Zähnen in sein Gesicht. Kurz darauf streichelte er sanft seinen nackten Schädel. Nur um wenig später abermals mit einer teuflischen Peitsche auf ihn einzudreschen. Es war, als focht der Winter einen Kampf mit sich selbst aus.

Ein Blick zurück brachte die Gewissheit, zumindest vorerst entkommen zu sein: Das Terminal war verschwunden, wie vom Erdboden verschluckt. Die Verwehungen löschten seine Fußspuren unwiederbringlich aus. Er musste schon großes Pech haben, wenn man ihn jetzt noch aufspürte. Schwer keuchend verlangsamte er seine Schritte. Mit der freien Hand wischte er sich kleine Eisklumpen ab, die an seinen Wangen hafteten. Er spürte sie nicht mehr. Seine Lippen, seine Nase, alles war nur noch taub. Selbst seine Gedanken wollten nicht mehr in Fahrt kommen. Er irrte ziellos durch das orkanartige Treiben.

Wie aus dem Nichts wuchsen Büsche in dem apokalyptischen Durcheinander vor ihm auf. Zumindest nahm er an, dass die unförmigen Gebilde, die sich unter der Schneedecke erhoben, Sträucher waren. Er zwängte sich hindurch. Geäst zerkratzte sein Gesicht. Jäh riss der Boden unter ihm auf. Er stürzte einen Abhang hinunter, wälzte sich durch den Schnee. Doch seine Finger ließen dabei nicht vom Koffergriff ab.

Er landete auf den Füßen. Wie ein Schneemann stand er da. Sein Blick flog umher. Wo war er? Wohin wollte er? In was für eine ausgemachte Scheiße war er geraten? *Falsche Frage!* Er hatte den Attentäter erwischt und ihm die Bombe entwendet. Auftrag ausgeführt.

Jetzt musste er nur noch den Koffer loswerden. Deshalb

setzte er sich in Bewegung, auch wenn ihm nach wie vor nicht klar war, wohin. Aber fand sich nicht immer ein Weg? Er musste nur dran glauben. *Akzeptiere es!*

Kurz darauf passierte er eine Straße. Er brauchte ihr nur zu folgen. Es dauerte einen Moment, bis er begriff, dass es sich bei dem vereisten Asphalt unter seinen Füßen nicht um eine Straße, sondern um die Startbahn handelte. Er befand sich auf dem Flugfeld. *Auch das noch!*

Als wäre das nicht genug, tauchte ein Schatten aus dem Gestöber auf. Der Schemen verwandelte sich in eine Person. Zielstrebig eilte sie ihm entgegen. Sie kam ihm bekannt vor. *Kahlscheuer?* Aber wie hatte der Priester Philip gefunden? Das Schneegestöber hatte ihn so schnell verschluckt, niemand konnte wissen, wohin er verschwunden war.

Du musst ... treffen!, hatte seine Großmutter auf ihrem Krankenbett gesagt. Damals hatte er vergeblich von ihr zu erfahren versucht, wen sie meinte. Noch ehe sie ihn hatte aufklären können, war seine Oma erschöpft in die Bewusstlosigkeit abgedriftet. Wenige Stunden später war sie tot gewesen.

Die Aussichtslosigkeit, die er in jenem Moment empfunden hatte, die Angst, niemals herauszubekommen, wen er treffen musste, kam ihm nun überflüssig vor. Er war überzeugt, dass der Moment der Begegnung gekommen war.

Der Mann, der vor ihm stand, war der Reisende aus der Zukunft. Aus dem Jahr 2018. Er war wie Philip durch die Zeit gereist, um Leben zu beschützen. So musste es sein. Fragte sich nur: wessen Leben?

Er war wie Philip über und über mit Schnee bedeckt. Als er sich über den Kopf fuhr, erkannte Philip, dass er ebenfalls eine Glatze trug. Er war genauso groß wie Philip. Er war nur einige Jahre älter. Zufrieden nickte er. »Philip!«

Der Koffer entglitt seiner Hand, als er antwortete: »Ich!«

»Der alte Mann ist heute gestorben!«

Bischof de Gussa war gespannt auf die Reaktionen, als er in dem Haus in der kleinen Gasse nahe der Piazza Nivona vor seine *Freunde* des Offiziums trat. Das Gemurmel, das entbrannte, die aufgebrachten Stimmen alter Männer, zeigte ihm, dass sich seit ihrem letzten Treffen nicht viel verändert hatte.

Ebenso wenig überraschend war es, dass Boris Garnier, der Präfekt der Kongregation für die Glaubenslehre, mit lauter Stimme das Wort ergriff und die versammelte Schar zum Schweigen brachte. Garnier schwang sich nicht mehr nur zum Anführer der Opposition auf, er war es bereits.

»Warum ist er gestorben?«

»Weil er alt war.«

»Das ist alles?«, ätzte Fabricio Lucarno, der junge Abt aus New York, der im Offizium die Nachfolge des New Yorker Bischofs Laurent Bone angetreten hatte. »Weil er alt war?«

Monsignore Mundaste, der südafrikanische Bischof, stimmte nuschelnd zu. Von seinem niederländischen Akzent war kaum etwas zu verstehen. Ein Prälat, der weiter hinten im Schatten saß, erklärte: »Wollen Sie also damit andeuten, dass die Lage nicht so schlimm ist, wie Sie uns weismachen wollen?«

Sofort bereute de Gussa seine Worte. Er hätte wissen müssen, dass seine *Freunde* sie zum Anlass nehmen würden, die Bedeutung der Ereignisse herunterzuspielen. Er hob beschwichtigend die Hand. Er ließ seinen Blick über die versammelten Würdenträger streifen, nur Garnier sparte er aus.

Zwei Plätze neben dem Präfekten war die Glühbirne in der schlichten Wandlampe ausgefallen. Es war ein makaberer Zufall, dass ausgerechnet davor der leere Stuhl von Jürgen Launitzer stand, dem Erzbischof aus Köln. Die Schmerzen in seiner Hüfte waren unerträglich geworden, hatten ihm einmal sogar das Bewusstsein geraubt. Zur Stunde wurde er in den Operationssaal der Universitätsklinik Köln gerollt.

»Ich will Ihnen überhaupt nichts weismachen«, sagte de Gussa mit fester Stimme. »Und ich weiß, Ihnen allen ist sehr wohl bewusst, worum es hier geht: um die Familie Hader, diese unheilige Familie, deren ...«

»Wollen Sie uns etwa unterstellen, dass wir vergessen hätten, warum wir hier sind?«, unterbrach ihn Garnier.

Beinahe hätte der Bischof das bestätigt. Rechtzeitig biss er sich auf die Zunge. Als der Schmerz wieder abklang, fuhr er fort: »Nein, das will ich nicht. Ich weise lediglich auf die Gefahr hin, dass uns die Kontrolle entgleitet. Denn was ...«

»Werter Bischof«, fuhr ihm Garnier abermals ins Wort. Er rieb sich sein Knie. Anders als der Kölner Erzbischof hatte er die Operation seines kaputten Kniegelenks bisher aufschieben können. »Bleiben wir doch bei den Tatsachen.«

De Gussa beugte sich vor, stützte sich mit den Händen auf den wackeligen Holztisch. »Tatsachen?« Er glaubte sich verhört zu haben. »Was wollen Sie damit andeuten?«

»Tatsache ist«, sagte Giaccomo Lorenzini, Prälat aus Turin und Nachfahre des italienischen Schriftstellers Carlo Collodi, aus dessen Feder *Pinocchio* stammte, »dass wir den alten Mann in Gewahrsam hatten. Jahrzehntelang hatten wir alles unter Kontrolle, so wie man es von uns, dem Offizium, erwartet. Nun beginnen sich die Kräfte des Jungen zu entfalten, und wir sind ihm auf der Spur. Wie heißt er noch?«

»Philip Hader.«

»Wir sind ihm doch auf der Spur, oder?«

De Gussa presste die Lippen aufeinander.

»Und wo der Junge ist ...« Lorenzini zuckte die Achseln. »... ist das *Achat.*«

Der Bischof bemühte sich noch immer um Fassung. Trotzdem klang es ungeduldig, als er mit seinem kostbaren Amethystring auf den Tisch klopfte. »Und was, wenn es nicht so ist?«

»Wir haben durchaus zur Kenntnis genommen, dass Sie da anderer Ansicht sind«, meldete sich Monsignore Mundaste zu Wort. »Aber bis heute sind Sie uns den Beweis für die Existenz ihrer geheimnisvollen zweiten Person schuldig geblieben.«

»Richtig, verehrter Bischof«, rief Garnier, und der Spott in seiner Stimme war nicht zu überhören. »Klären Sie uns arme Unwissende auf!«

De Gussa streckte den Rücken durch. Es drängte ihn dazu, sich hinzusetzen, doch er durfte sich diese Schwäche nicht anmerken lassen. »Garnier, zügeln Sie endlich Ihre Zunge. Keiner von uns hier im Raum ist unwissend. Wir alle wissen ganz genau, um was es geht. Spielen Sie also nicht mit dem Feuer.«

»Der Einzige, der hier spielt, sind Sie!«

»Ich spiele nicht. Das werden Sie schon bald ...«

»Schon bald?«, lächelte Fabricio Lucarno. »Wie lange sollen wir denn noch warten? Seit Tagen vertrösten Sie uns.«

Stille kehrte ein. Gespannt starrten die Umsitzenden den Bischof an. Jetzt sank er doch auf seinen Stuhl. Seine Finger spielten nervös mit dem violetten Edelstein in seinem Ring. »Sie werden alles erfahren, mehr kann ich im Augenblick nicht sagen.«

Antonio Capote, der Prälat aus Venedig, lachte auf. »Seien Sie doch ehrlich, Sie haben sich geirrt.«

»Und wir haben uns die ganze Woche umsonst um die

Ohren geschlagen«, fügte Garnier hinzu. Seine Hand massierte sein Kniegelenk, und es war offensichtlich, dass er damit seinen Unmut kundtat darüber, dass er *umsonst* die Schmerzen hatte ertragen müssen. »Und am Ende wird es wieder so sein wie jedes Mal.«

»Viel Wirbel um nichts«, pflichtete Capote bei.

»Wir werden den Jungen finden, mit oder ohne *Achat*. Wir werden die Bücher entschlüsseln – oder eben auch nicht. Aber was auch passieren wird ...« Prälat Lorenzini zuckte abermals die Achseln. »... die Geschichte beginnt von vorne.«

»Genau«, ließ sich der dunkelhäutige Monsignore Mundaste vernehmen. »Wir werden die Bücher hüten. Die Familie Hader wird ihren neuen Nachkömmling hüten. So war es immer.«

»So wird es auch diesmal sein«, schloss Boris Garnier und rückte seinen Stuhl zurecht, als wollte er das Zeichen zum Aufbruch geben.

Die Geschichte wiederholt sich nicht! Merkt ihr das denn nicht? De Gussa wollte den Haufen verweichlichter Würdenträger anbrüllen. Doch er ahnte, es würde nichts an ihrer Haltung ändern. Warum auch sollten sie ihm Glauben schenken? Solange sich Cato nicht bei ihm meldete, hatte er keinerlei Beweise für seine Behauptung. Er selbst wusste ja nicht einmal, ob die Welt aus den Fugen geriet oder ob er sich alles nur einbildete.

Sein Handy klingelte. Das musste Cato sein. Es gab sonst niemanden, der diese Nummer besaß. Außer Lacie natürlich. Aber mit einem Anruf des Narbengesichts rechnete de Gussa nicht mehr. Er holte das Telefon aus der Tasche. Seine Hände zitterten. Jetzt war der Augenblick gekommen. Er würde den Männern am Tisch die Wahrheit mitteilen können. Ein euphorisches Hochgefühl packte ihn, als er das Gespräch entgegennahm. »Hallo?«

Die Verbindung war schlecht. Das Knacksen in der Leitung übertönte eine viel zu leise Stimme. »Sprechen Sie lauter!«, rief de Gussa, und die Würdenträger um ihn herum wurden leiser. Mit einem Mal war auch die Leitung wieder klar, und die heisere Stimme Catos drang aus dem Hörer: »Sie haben sich ...«

»Warten Sie!«, brüllte de Gussa ins Handy und schnellte von seinem Stuhl empor. Doch der Anrufer sprach weiter. Er rief: »Haben Sie mich verstanden, Bischof? Ich sagte: Sie haben sich geirrt.«

In dem kleinen Raum war es plötzlich mucksmäuschenstill. Keiner der *Freunde* gab einen Laut von sich. Alle starrten de Gussa an, der mit wehender Soutane aus dem Raum hetzte. Er spürte die Blicke, die sich in seinen Rücken bohrten. Es hätten genauso gut Dolche sein können.

Die Tür schlug hinter ihm ins Schloss. Draußen im Flur wartete er gar nicht mehr lange Catos Erklärungen ab. »Bringen Sie mir den Jungen, aber schnell!«

»Ja, aber ...«

»Beeilen Sie sich, Herrgott. Suchen Sie ihn, bevor es zu spät ist.«

»Zu spät?«

»Fragen Sie nicht! Machen Sie es!«, forderte de Gussa. War er denn nur noch von Versagern umgeben? »Ich mache mir Sorgen seinetwegen. Sie müssen ihn im Auge behalten. Unbedingt.«

Er drückte das Gespräch weg. Er wartete einen Augenblick, atmete durch. Dann kehrte er zurück in den Raum zu seinen *Freunden*.

»Wie alt sind ...« Philip brach ab. Er wollte seinen ungewöhnlichen Gesprächspartner doch nicht etwa siezen? *Mach dich nicht lächerlich!* »Wie alt bist du?«

»43.«

»43 Jahre!«, entfuhr es Philip. Er war fast zwanzig Jahre älter. Unglaublich. *Zwanzig Jahre!* War das wirklich möglich? Philip versuchte es zu begreifen, doch je mehr er darüber nachdachte, umso schwindeliger wurde ihm. Es reichte, wenn er es akzeptierte.

Augenblicklich brachen unzählige Fragen über ihn herein. Wann hatte man schon die Chance, einen Blick in die Zukunft zu werfen – außer in Form grausamer Visionen? Wie sah die Welt in zwanzig Jahren aus? Gab es immer noch so viel Hass, Schrecken und Angst unter den Menschen? Gewalt und Kriege? Wie ging es in Deutschland zu? Wie groß war Berlin geworden? Womit verdiente er seine Brötchen? Wendete sich alles wieder zum Guten? Wahrscheinlich, sonst ständen sie sich jetzt nicht gegenüber.

Die vielleicht wichtigste Frage aber war: Was war mit Chris? Fanden sie wieder zueinander? Sahen sie ihr Baby gemeinsam aufwachsen? Die Tochter? Den Sohn?

»Ich weiß, woran du denkst«, unterbrach sein Gegenüber die Gedankengänge. Seine Lippen umspielte ein larmoyantes Lächeln. »Ich kann mich noch gut an den Moment erinnern, als du ... als ich ...« Verlegen wischte er sich Schneeflocken von der Nase. »Entschuldige, es fällt mir schwer, mich daran zu gewöhnen, auch nach zwanzig Jahren.« Er senkte seine Stimme. »Es ist ein eigenartiges Gefühl, jetzt auf der anderen Seite zu stehen.«

Philip nickte verständnisvoll. Natürlich, sein Gegenüber konnte sich ganz bestimmt sehr gut daran erinnern, was vor zwanzig Jahren vorgefallen war. Es war aberwitzig, trotzdem ergab es einen Sinn.

Der andere setzte wieder ein Lächeln auf: »Vergiss es! Ich werde dir keine dieser Fragen beantworten. Deshalb bin ich nicht gekommen.«

Philip bemerkte, dass der Schneesturm langsam nachließ. Die Sicht wurde besser. Nicht mehr lange, und man würde sie vom Tower aus auf dem Flugfeld entdecken. Er blickte zum Koffer hinab. Zögernd fragte er: »Warum bist du gekommen?«

Es dauerte einige Sekunden, bis sein Gegenüber meinte, und ein wehmütiger Blick überzog sein Gesicht: »Die Geschichte wiederholt sich.«

Das war nicht die Antwort, die Philip erhofft hatte. In Wahrheit konnte er damit überhaupt nichts anfangen. Aber im Grunde brauchte er es auch nicht. Selbstverständlich wusste er, warum der andere gekommen war. Schließlich unternahm man solche Reisen nicht, nur damit man nett plaudern konnte. Es ging um Menschenleben. Seines?

Mit diesem Gedanken schien sich Philips Miene verändert zu haben. Sein Gegenüber grinste: »Jetzt guck nicht so entsetzt.« Philip schüttelte sich. Weil er noch immer nicht antwortete, fügte der andere mit einem spöttischen Grinsen hinzu: »Na ja, zumindest weiß ich jetzt, wie ich damals ausgeschaut habe, als du mir, nein, als ich mir selbst gegenübergetreten bin. Piss die Wand an, was für ein dämliches Gesicht!«

Boris Garnier erhob sich trotz seines kranken Knies vom Stuhl. Sein Gesicht war eine von Schmerz und Wut zerfressene Grimasse. Zwischen den Zähnen presste er hervor: »Haben wir das gerade richtig verstanden?«

Auf dem Weg zurück zu dem wackeligen Holztisch entging de Gussa nicht, dass der Präfekt der Kongregation für die Glaubenslehre nicht für sich alleine sprach, sondern die anwesenden Würdenträger in seiner Feststellung mit einschloss. Aus dem Augenwinkel bemerkte er, dass alle zustimmend nickten. In der Mitte des Raumes angekommen, blieb er stehen.

»Ja, Sie haben richtig verstanden. Ich habe mich geirrt.«

»Dabei haben wir von Anfang an gesagt, dass Sie sich auf dem Holzweg befinden.«

Da gab es nichts zu leugnen. »Ja.«

»Schön«, stellte Garnier zufrieden fest. »Dann ist das wenigstens geklärt.« Er räusperte sich. Seine Stimme bekam wieder einen bedrohlichen Klang. »Aber da ist noch etwas anderes, was uns Kopfschmerzen bereitet.«

Der Bischof sah ihn an. Ihm fiel auf, dass die restlichen Würdenträger erwartungsvoll zu Garnier aufschauten. Was wusste der Präfekt, was er den anderen bisher vorenthalten hatte?

»Sie haben Cato angesetzt.«

Es war keine Frage sondern eine weitere Feststellung, beinahe belanglos in den Raum geworfen. Aber sie platzte in die Runde wie eine Bombe. Ein Raunen erfüllte das Zimmer, Köpfe wurden entsetzt geschüttelt.

De Gussa war verblüfft. Woher wusste Garnier davon? Noch während sich hinter seiner Stirn die Frage formte, drang bereits die Antwort zu ihm durch: Lacie, dieser falsche Hund, hatte ein doppeltes Spiel getrieben. Er hätte es wissen müssen.

Doch daran war jetzt nichts mehr zu ändern. De Gussa beschloss, das Beste aus der Situation zu machen Allerdings war er sich in dieser Sekunde nicht sicher, was in den Augen seiner *Freunde* schwerer wog: die Tatsache, dass er sich geirrt hatte, oder, dass er Cato für die Zwecke des Offiziums verpflichtet hatte. Er gestand: »Ja, ich habe Cato eingesetzt.«

Nach wie vor war es nur Garnier, der sprach: »Nicht zum ersten Mal, oder?«

Sicherlich hatte Lacie längst alles preisgegeben, es würde seine Position nicht verbessern, wenn er log. »Nein.«

Garnier sog geräuschvoll die Luft ein. Seine Wangen blähten sich auf. »Wenn bekannt wird, dass ...«

De Gussa wehrte entschieden ab. »Das wird es nicht.«

»Was macht Sie so sicher?« Der Präfekt setzte ein mitleidiges Lächeln auf. »Irren Sie sich etwa nie?«

De Gussa schwieg betreten.

Garnier fragte: »Wie konnten Sie nur?«

Es klang, als tadelte er einen kleinen Jungen, der sich über die Anweisungen seiner Eltern hinweggesetzt hatte. De Gussa wollte sich davon nicht aus der Ruhe bringen lassen. »Es war eine Notwendigkeit.«

»War es das?«

»Ich tat, was ich für richtig hielt.«

»Was ist richtig?« Garnier schlug mit der Hand auf den Tisch. Die Umsitzenden zuckten zusammen. »Werter Bischof, können Sie mir das sagen?«

Es half nichts. Er würde zu Kreuze kriechen, seinen Fehler eingestehen müssen: »Ich dachte, dass ...«

»Halten Sie den Mund!«, fuhr ihn der Präfekt an, und im dämmrigen Licht der Lampen wirkte er, als wachse er über sich hinaus. Nichts deutete darauf hin, dass seine Beine ihn nicht mehr trugen, dass er noch vor wenigen Tagen unbedingt ins Krankenhaus hätte eingeliefert werden müssen.

»Ich glaube nicht, dass Sie das Recht haben, mich ...«

»Sie, Bischof, sollten Ihre Worte zügeln.«

»Ich denke, dass ...«

»Genau das ist Ihr Problem.« Garnier setzte sich auf den Stuhl zurück, beschrieb mit seiner Hand eine herrische Geste. »Sie denken zu viel. Und nicht alles davon ist richtig!«

De Gussa schwieg. Sein Kopf sank auf die Brust. Was hatte Garnier vor? Für eine Weile sagte niemand etwas. Beklommene Stille erfüllte den Raum. Irgendwann durchschnitt Garniers Stimme das Schweigen: »Wir glauben, dass es besser ist, wenn Sie gehen.«

Sein Haupt ruckte empor. Er hatte vieles erwartet, aber das? »Wer glaubt das? Sie alleine? Oder auch das Offizium?«

Hilfe suchend musterte er die *Freunde.* Noch immer blieben ihre Münder verschlossen. Einige sahen zur Seite, wichen seinem Blick aus. Keiner von ihnen würde ihm helfen. Das waren also seine Gefährten, mit denen er seit Jahrzehnten, seit man ihn ins Offizium berufen hatte, die Grundfesten der Kirche zu bewahren versuchte. Sie waren Fremde für ihn geblieben. Mit schwacher Stimme sagte er: »Sie machen einen Fehler. Sie alle.«

»Sie haben den Fehler begangen, de Gussa! Wir korrigieren ihn nur.«

Wie begossen stand de Gussa vor den Männern. Wenn er ehrlich war, musste er Garnier recht geben. Er hatte versagt.

Wie zur Bestätigung klopfte es an der Tür. Bevor der Bischof noch etwas sagen konnte, bat Garnier bereits den

Gast herein. Der Präfekt war nicht länger Anführer der Opposition, er war der neue Vorstand des Offiziums.

Die Tür öffnete sich. Armand van Loyen betrat das Dämmerlicht. Fassungslos verfolgte de Gussa, wie sein Sekretär, ohne ihn eines Blickes zu würdigen, an ihm vorbeilief. Er stellte sich neben Garnier. Dieser sagte feierlich: »Darf ich vorstellen: Ihr Nachfolger.«

»Wie können Sie das einfach so entscheiden? Es hat keine Abstimmung darüber gegeben«, protestierte de Gussa, doch es klang nur halbherzig. Garnier hatte die anderen längst im Griff, es war unsinnig, auf die Einhaltung der Regeln des Offiziums zu drängen. Leise fragte er: »Und jetzt?«

Garnier lächelte. »Sie wissen doch: Mitglied des Offiziums ist man und bleibt man. Es sei denn ...« Die restlichen Worte sprach er nicht mehr aus.

De Gussa nickte. »Ich habe verstanden.«

»Was wird jetzt mit mir passieren?«, lag es Philip auf der Zunge, aber er sprach die Worte nicht aus. Der andere würde ihm die Frage sowieso nicht beantworten.

Er rieb sich die Finger. Er spürte sie nicht. Vielleicht waren sie schon erfroren und abgefallen. Verwundert hätte es ihn nicht. Er sah sein Gegenüber an. Weil ihm nichts Besseres einfiel, fragte er: »Wie soll ich dich nennen?« Es klang absurd, selbst in seinen eigenen Ohren.

Der andere hob nachsichtig die Hand. Er trug Handschuhe, ganz im Gegensatz zu Philip. »Schon seltsam, oder? Ich kann mich daran erinnern, wie ich diese Frage vor zwanzig Jahren gestellt habe.«

»Und?« Philip rümpfte die Nase. Es würde schwer werden, sich mit jemandem zu unterhalten, der den Ablauf des Gesprächs bereits kannte. »Wie lautete die Antwort?«

»Nenn mich einfach beim Namen.«

»Philip?«, presste Philip hervor. »Philip?«, wiederholte er. Seltsamerweise kam ihm das überhaupt nicht richtig vor.

»Ich weiß, ich weiß«, meinte der andere, »es kann nur einen geben.« Er zuckte trotzig die Achseln. »Aber es gibt trotzdem zwei!« Er zerrte ein Taschentuch aus seiner Jacke und schnäuzte sich. »Ich weiß auch, insgeheim nennst du mich ›der andere‹. Damals fand ich das ebenfalls in Ordnung. Aber heute, während ich auf der anderen Seite stehe ...« Er schüttelte den Kopf. »Das ist alles so verwirrend. Während ich das sage, erinnere ich mich an meine Begegnung, damals, als ich ...« Mit einer schnellen Bewegung deutete er auf den Koffer. »Als ich damit auf die Startbahn stürmte, auf und davon. Irgendwie habe ich das Gefühl, mir platzt der Schädel, wenn ich zu sehr darüber nachdenke.«

Philip entsann sich an sein eigenes Gefühl vor wenigen Minuten, als er versuchte, dem Phänomen mit Vernunft Herr zu werden. »Dann lass es bleiben«, schlug er vor und runzelte die Stirn. *Die Geschichte wiederholt sich.* Würde er selbst in zwanzig Jahren ebenso mit Kopfschmerzen darüber grübeln? *Vergiss es,* ermahnte er sich selbst. *Er wird diese Fragen nicht beantworten.*

Aber eine vielleicht doch. »Die Münzen«, sagte Philip, als reichte das aus.

Der andere stopfte das Taschentuch zurück in die Jacke. Erst jetzt stellte Philip fest, dass seine Nase rot und wund war. »Die Münzen?« Er hustete. »Du hast sie gefunden?«

»Also warst du es tatsächlich?«

»Natürlich, wer sonst?«

»Und warum?«

»Ich wollte dich warnen.«

Also hatte sein Gefühl Philip nicht betrogen.

»Ich wollte dir signalisieren, dass da etwas auf dich zukommt, was nur schwer zu begreifen ist.«

»Davon habe ich die letzten Tage genug erlebt.«

»Ich weiß«, stellte der andere fest.

»Du wolltest mich darauf vorbereiten, dass wir beide uns gegenüberstehen werden«, mutmaßte Philip.

»Ja.«

Philip entsann sich der albernen Wortgefechte, die er sich mit seinem Kumpel Ken in dessen Wohnzimmer geliefert hatte. *Sorry, ich könnte mir vorstellen, dass es einfachere Methoden gibt, mit jemandem in Kontakt zu treten, als mit einem Geldstück.*

»Nun, so richtig geglückt ist dir das aber nicht.«

Der andere trat einen Schritt vor. Er dämpfte seine Stimme, als wäre es von ungeheurer Wichtigkeit, was er nun sagte. »Was weiß ich ... als du ... ich ... ach, wer auch immer ... man hat mich ebenfalls auf diese Weise auf die

Begegnung vorbereitet. Ich gebe zu, damals fand ich's ebenso hirnrissig. Aber heute fiel mir leider auch nichts Besseres ein.«

»Die Geschichte wiederholt sich«, sagte Philip.

»Du lernst schnell.«

»Habe ich eine andere Wahl?«

Der andere schüttelte den Kopf. Jetzt wirkte er erschöpft und niedergeschlagen. »Nein, das haben wir nicht.«

»Wir?«

»Du und ich und ...« Er hustete. Seine Lunge rasselte. Es war nicht gut um seine Gesundheit bestellt. Mit einem Keuchen stieß er hervor: »... unsere Familie.«

»Meine Familie?« Philip sinnierte kurz. *Das Pack ist tot,* hatte sein Vater ihm all die Jahre eingebläut. Aber die letzten Tage hatten das Gegenteil bewiesen. Es würde ihn nicht wundern, wenn noch einige Überraschungen auf ihn warteten. »Was ist mit meiner Familie?«

»Ich möchte, dass du verstehst, bevor ...« Der andere verstummte abrupt, kam noch einen Schritt näher. Aber er scheute den Körperkontakt. Was würde geschehen, wenn sie sich berührten? Philip widerstand der unerwartet starken Verlockung, mit seiner Hand den Abstand zwischen ihnen zu überwinden.

Bevor was?

Der andere schaute nach links, nach rechts. Außer vereinzelten Schneeflocken, die durch die Luft wirbelten, war nichts zu erkennen. »Wir haben nicht mehr viel Zeit, bevor ...«

»Erzähl!«, unterbrach ihn Philip unwirsch. Er wollte gar nicht mehr wissen, was passieren würde. Es genügte, wenn der andere es wusste. Ebenso wie er wissen würde, was dann zu tun war. Deshalb war er schließlich gekommen.

»Piss die Wand an«, knurrte Philip. »Erzähl schon!«

Die schwere Metalltür fiel zurück in den Rahmen, und ein dumpfes, abgründiges Grollen erschütterte die Kammer. Putz bröckelte von den Wänden, rieselte wie Schnee auf Beatrice herab. Der Staub kitzelte auf ihrer Nase. Sie widerstand dem Impuls zu niesen. Für Sekunden hielt sie den Blick auf die Tür gerichtet. In dem ausklingenden Grummeln hörte sie, wie der Priester die Pforte von außen verriegelte. Das Klicken des Schlosses klang in ihren Ohren bedrohlich endgültig.

Ob er nicht mehr zurückkehrte? Sie elendig in diesem heruntergekommenen Loch verhungern und verdursten ließ? Sie hatte von Menschen gehört, die in Gefängnissen gefoltert wurden, indem man sie ihre eigenen Exkremente essen und trinken ließ, weil es über Wochen nichts anderes gab. Eine ekelhafte Vorstellung.

Angewidert lauschte sie in die Stille, die einkehrte. Sie vernahm keine Schritte jenseits der Tür. Allerdings hörte sie seine Stimme. Das machte ihr Mut: Ganz sicher kam er wieder und holte sie raus. Er brauchte sie noch, weil sie die Einzige war, die ihm und seinen skrupellosen Hintermännern helfen konnte.

Dieser Gedanke war wie eine Alarmsirene hinter ihren Schläfen. Sie durfte nicht mehr länger tatenlos herumsitzen, wollte sie den Vorteil, über den sie verfügte, nicht verlieren. Sie beugte sich zu ihren Beinen herab und begann die Fesseln zu lösen. Das erwies sich als schwieriges Unterfangen, denn ihr Peiniger hatte die Stricke mit einem Mehrfachknoten um ihre Knöchel geschnürt: ohne Anfang und Ende.

Sie hörte, wie vor der Tür seine Stimme anschwoll. Sie presste ihre Lippen aufeinander, verdoppelte die Anstrengungen. Irgendwo musste doch ein loses Ende zu finden sein. Doch egal, woran sie zog, das Seil gab nicht nach. Schweiß gerann auf ihrer Stirn, tropfte in ihre Augen. Sie blinzelte die brennende Flüssigkeit weg.

Waren da Schritte?

Los doch, feuerte sie sich an. *Beeil dich!* Ihre Finger zerrten verbissen an den Seilen. Einer ihrer Nägel brach, riss das halbe Nagelbett mit sich. Blut tropfte auf die Matratze. Sie schenkte dem Schmerz keine Beachtung. Doch die Knoten gingen nicht auf.

Verflucht!

Ein Keuchen entrang sich ihrer Kehle. Ihr Blick irrte verzweifelt umher. Als sie der Überreste des Bettes gewahr wurde, auf denen sie saß, fluchte sie. *Natürlich!* Sie griff nach einer der rostigen Metallstreben, begann sie wie eine Säge auf den Fasern hin und her zu schieben. Einige der millimeterfeinen Fäden gaben augenblicklich nach, rollten sich wie ein kunstvolles Geschenkband auf. Sie verstärkte den Druck auf ihr Behelfswerkzeug. Immer mehr Fasern lösten sich.

Schlüsselrasseln versetzte sie in Panik. Sie legte ihre ganze Kraft in ihre sägenden Bewegungen. Nicht mehr lange, und sie hatte die Fesseln gelöst.

Der Schlüssel wurde ins Schloss gesteckt. Endlich gab das Seil nach. Ihre Beine waren befreit. Sie ließ ihre improvisierte Säge fallen, sprang auf. Ihre Beine fühlten sich wie Pudding an, wollten unter ihr nachgeben.

Knirschend wurde der Riegel zurückgeschoben. Sie packte das Erstbeste, was ihre Finger zu greifen bekamen. Sie rannte, *wankte,* zur Tür. Gerade rechtzeitig kam sie dort an und postierte sich im toten Winkel. Das Blut pochte hinter ihren Schläfen. Sie schnaufte. In ihren Ohren klang es wie das Grunzen eines Wahnsinnigen.

Erst jetzt bemerkte sie, was sie zwischen den Fingern hielt. Ausgerechnet das *Achat.* Es war nicht mehr zu ändern. Vielleicht konnte es ihr, auch wenn es seine Macht verloren hatte, auf diese Art einen letzten Dienst erweisen.

Die Tür schwang auf. Der kahle braun gebrannte Schädel des Priesters kam zum Vorschein. Beatrice hob die Arme über den Kopf und holte aus.

»Kennst du die Insel Lindisfarne?«

Philip konnte sich nicht entsinnen, je davon gehört zu haben. Doch der andere wartete sein Kopfschütteln erst gar nicht ab. »Blöde Frage!« Er schlug sich mit der flachen Hand gegen die Stirn. »Damals, als ich danach gefragt wurde, kannte ich sie auch nicht. Inzwischen ...« Er schien zu überlegen, ob er die Information preisgeben konnte. »... war ich sogar schon mehrmals dort.«

»Wo liegt sie?«

»Lindisfarne liegt vor der englisch-schottischen Grenze. Man nennt sie auch ›die Heilige Insel‹.«

»Heilige Insel?«, wiederholte Philip, aber auch diese beiden Worte lösten nichts in ihm aus.

Der andere sah ihn bedeutsam an. Er holte Luft, dabei gab seine Lunge einen pfeifenden Ton von sich. »Das Schicksal unserer Familie nahm dort seinen Anfang.« Er wählte seine Worte mit Bedacht. Oder kehrte er in seinem Gedächtnis lediglich die Erinnerungen an das zusammen, was er selbst vor 20 Jahren erfahren hatte?

Vor 20 Jahren!

Mit einem Mal schwappte ein übermächtiges Schwindelgefühl über Philip hinweg. Als stände er auf den glitschigen Planken eines Bootes, das im Sturm von den Wellen immer weiter vorwärtsgetrieben wurde, ohne einen Steuermann, der es hätte lenken können. Niemand konnte etwas daran ändern: Alles folgte einem bestimmten Ablauf, einem unbekannten Ziel entgegen.

Er atmete tief durch, und augenblicklich verbiss sich eisige Luft in seinen Rachen. Er hustete. Das Schwindelgefühl klang ab. Zurück blieb die Kälte des Winters, die in seinen Kleidern nistete, seine Gelenke lähmte und sich unaufhaltsam in seinen Körper zu fressen schien. Wahrscheinlich war es nur die unmittelbare Nähe zu seinem eigenen Ich, die alle Schranken zwischen Raum und Zeit aufhob und das Déjà-vu-Gefühl auslöste.

Der andere sagte: »Alles nahm auf Lindisfarne seinen Anfang.«

Wieder machte er eine Pause. Am liebsten hätte Philip gebrüllt: *Mach es nicht so spannend. Wir haben nicht mehr viel Zeit.* Aber sein Gegenüber wusste das besser als er selbst.

»Damals, bevor die Wikinger die Insel in Schutt und Asche legten, war Lindisfarne eines der wichtigsten Zentren des Christentums. Angeblich besaß die Insel Magie. Cuthbert, ein Mönch und Einsiedler, wusste davon. Er wusste Dinge, die sonst niemand wusste.«

»Cuthbert«, wiederholte Philip, kramte in seiner Erinnerung. Der Name sagte ihm nichts.

»Er war ein Mönch und Wundertäter. Es gibt zahlreiche Legenden über ihn, über die Wunder, die er gewirkt haben soll, und seine Gabe. Er hatte verstanden, dass es mehr gibt als nur Leben und Tod, Erde, Himmel und Hölle.«

»Ach nee?«, entfuhr es Philip. »So weit bin ich auch schon.«

Der andere strafte ihn mit einem bösen Blick. »Ja, ich weiß. So weit bist du auch schon.« Er hob die Hand vor den Mund, hustete krächzend und spuckte einen Schleimbeutel in den Schnee. »Cuthbert war der Erste, der von der Welt zwischen diesen Polen Kenntnis bekam.«

Philip entsann sich seiner Unterhaltung mit dem Priester Jakob Kahlscheuer. *Die verlorenen Seelen ... die Gespenster, Geister, Untoten ... die nicht dort ankommen, an diesem besseren Ort ...* »Die Zwischenwelt«, sagte er.

»Ja, und sie ist ungleich grausamer als das, was alle nur das Paradies nennen.«

Der Schneefall ließ nach, auch der Wind blies nicht

mehr mit solcher Heftigkeit wie noch vor einigen Minuten über das Flugfeld. Aber der Winter hatte der Welt die Farbe geraubt. Hoffnungsloses Weiß, so weit das Auge reichte.

»Die Familie Hader stammt von Cuthbert ab. Unser Opa stammt von ihm ab. Ebenso unsere Mutter, das Kind unserer Großeltern. Ich stamme von ihm ab. Du stammst von ihm ab. Und Generation um Generation wurde Cuthberts Wissen weitergegeben, und mit ihm seine Gabe.«

»Die Wunder?«

»Wunder?« Der andere spuckte die Worte verächtlich wie seinen ranzigen Batzen Schleim aus den Bronchien. Aber dahinter lag noch viel mehr: Erschöpfung. Er konnte es nicht verbergen, auch wenn er es versuchte. »Wunder hat so einen ... *christlichen* Beigeschmack. Aber mit der Kirche hat das schon lange nichts mehr zu tun. Nenn es Begabung.«

Philip sagte: »Ich nenne es Fähigkeiten.«

»Ich weiß.«

Philip sah ihn mürrisch an. Natürlich wusste er es. Er hatte die Fähigkeiten, mit der Zwischenwelt zu kommunizieren. Sein Großvater hatte diese Gabe auch. Seine Mutter. Erklärte das die Verbitterung seines Vaters?

»Ich weiß, was dir jetzt auf der Zunge brennt. Aber gedulde dich, du wirst alle Antworten erfahren.« Er schwieg einen Augenblick, wärmte seine Finger, indem er sie abwechselnd massierte. Philip befühlte seine eigenen Hände, um sich zu vergewissern, dass sie noch da waren, obwohl er sie nicht mehr spürte.

Der andere fuhr fort: »Cuthbert hat Bücher über sein Wissen verfasst. Ein Großteil der Bücher, das sogenannte Lindisfarne-Evangelium, ist verschollen. Aber einige haben die Zeit überdauert. Sie wurden weitervererbt, von einer Generation in die nächste. Großvater war der Letzte, der im Besitz dieser Bücher war. Er hat sie vor fremden

Blicken bewahrt. Das war seine Aufgabe, wie es die Aufgabe jedes Erstgeborenen der Familie Hader ist. Er hat nicht nur dafür zu sorgen, dass die Fähigkeiten, über die er verfügt, ihrer Bestimmung entsprechend sinnvoll genutzt werden. Er trägt auch Sorge dafür, dass die Bücher verborgen bleiben. Großvater hat seine Aufgabe gut gemacht. Nur ein einziges Mal war er unvorsichtig. Das wurde ihm zum Verhängnis.«

»Was ist passiert?«

»Eines Tages fand man ihn.«

»Wer?«, fragte Philip, obwohl er die Antwort kannte.

»Die Kirche«, sagte der andere nicht überraschend. »Der Vatikan. Um genau zu sein: das *Offizium.*«

»Wer?«

»Ein geheimer Bund, von dem nicht einmal der Papst weiß. Ein ausgewählter Kreis von Priestern, Kardinälen und Bischöfen, die seit Jahrhunderten versuchen, diese Bücher in ihren Besitz zu bekommen. Sie haben Großvater entführt und die Bücher mitgenommen. Seitdem ist er verschwunden. Sie halten ihn gefangen. Niemand hat je wieder etwas von ihm gehört. Wir wissen nicht einmal, ob er noch lebt.« Seine Stimme wurde leiser. »Nein, wahrscheinlich lebt er nicht mehr.«

»Die Kirche?«, wiederholte Philip.

»Natürlich. Wer sonst? Wer sonst könnte Angst davor haben, dass das in diesen Büchern festgehaltene Wissen und die Fähigkeiten unserer Familie an die Öffentlichkeit gelangen? Es würde nicht nur die Bibel infrage stellen, sondern die gesamte Autorität der Kirche.«

»Und diese Gefahr haben sie mit der Entführung Großvaters gebannt?«

Der andere nickte. »Ja. Aber sie wollen die Bücher natürlich nicht nur besitzen. Sie wollen auch wissen, was darin geschrieben steht.«

»Sie wollen?«, stutzte Philip. »Das heißt: Sie wissen noch nicht, was in den Büchern geschrieben steht?«

»Nein, aber sie ahnen genug, dass Sie dafür Mord und Totschlag in Kauf nehmen.«

»Wofür?«

»Für die Fertigkeit, sie zu lesen. Es fehlt ihnen etwas Wichtiges, damit sie die verschlüsselten Zeilen lesen können. Das *Achat.*«

Philip durchforstete sein Gedächtnis, ob er wenigstens davon schon einmal gehört hatte. Vergeblich. Dafür kam ihm ein anderer Gedanke. »Sie glauben, dass ich es habe, oder?« Deshalb hatte seine Großmutter ihn beschützt.

»Ja.«

»Aber ich habe es nicht.«

»Ich weiß.«

Philip beschlich das Gefühl, dass dies nicht der einzige Grund war, warum man eine mörderische Jagd auf ihn eröffnet hatte. »Aber da ist noch mehr«, mutmaßte er.

»Ja«, sagte der andere und senkte seinen Blick. Er klang unendlich traurig. Hatte Philip Tränen in seinen Augenwinkeln aufblitzen sehen? Oder waren es nur Schneeflocken gewesen? Es schneite nicht mehr. »Diese Zwischenwelt wird immer größer. Größer, als der menschliche Verstand es sich überhaupt ausmalen kann.«

»Und?«

»Irgendwann werden die Grenzen verschwimmen. Auch davon steht in Cuthberts Büchern geschrieben.«

Er machte eine Pause. Philip rief sich Ritz' Worte ins Gedächtnis. *Etwas Dunkles naht.* Er dachte auch an seine eigenen mächtigen Visionen, an die Träume von einem finsteren Irgendwo, in dem die Welt einem Trümmerhaufen glich. Da war etwas an diesen Träumen, was ihn stutzig machte. Aber es wollte ihm nicht einfallen. Deshalb fragte er: »Was wird dann passieren?«

Der andere zuckte die Achseln. »Ich hatte nie die Gelegenheit, die Bücher zu lesen.«

»Aber du weißt, was geschehen wird?«

»Das Ende. Schluss. Aus. Finito. Das Inferno. Sogar das Datum soll Cuthbert überliefert haben.«

»Wird es wirklich geschehen?«

»Cuthbert sagte, wir, unsere Familie, wir sollen mit unseren Fähigkeiten diese Gefahr abwenden können.« Er lachte auf. »Er sagte auch, es sei eine Prophezeiung.«

Philip verstand. Jetzt stießen sie zum eigentlichen Kern der ganzen Geschichte vor. Die Rettung der verzweifelten, verlorenen Seelen bekam endlich einen Sinn. Und was für einen. *Eine Prophezeiung.*

»Aber das ist doch ...« Philip suchte nach einem treffenden Wort. Aber es fiel ihm nichts Besseres ein als: »Wunderbar! Diese Gabe, diese Fähigkeit, das ist doch ein Geschenk ...«

Der andere krächzte wütend. »Große Worte! Gleich wirst du noch von einem Gottesgeschenk sprechen.«

Der Ausdruck hatte Philip tatsächlich auf der Zunge gelegen, auch wenn er nicht gläubig war. Mit einem vorsichtigen Achselzucken bat er um Entschuldigung. »War nur so eine Redensart.«

»Eine Redensart«, äffte der andere ihn nach. »Verstehst du denn nicht, was das bedeutet?«

Nein, Philip verstand nicht.

Der andere hob ergeben die Hände zum Himmel. »Natürlich ... wie solltest du es auch verstehen.« Er lächelte freudlos. »Ich hab es ja damals auch nicht begriffen.« Er fuhr sich mit der Hand über den kahlen Schädel, bevor er sagte: »Schon allein Cuthberts Wissen über die Zwischenwelt und das drohende Inferno erschüttert, wenn die Menschheit davon erfährt, die abendländische Kultur. Aber das alleine wäre für die Kirche kein Grund zur

Besorgnis. Die Religion ist ein probates Mittel, wenn es den Menschen schlecht geht, wenn sie verzweifelt sind: *Leute, glaubt an Gott und an Jesus, den Erlöser, denn sie werden euch vor der Apokalypse bewahren.*« Jetzt lachte er laut los. Es war kein ehrliches Lachen. »Aber was, wenn bekannt wird, dass nicht Christus der Erlöser, der Retter ist? Sondern eine Familie, aufgewachsen auf einer kleinen Insel an der englisch-schottischen Grenze. Was für ein Hohn!«

Philip dachte an den Fotografen Rüdiger Dehnen. An seine ermordete Großmutter. An seinen verschleppten Opa. Ein furchtbarer Verdacht wuchs in ihm: Was war mit dem Tod seiner Mutter? Er hielt die Luft an. War auch sie umgebracht worden?

Der andere mied seinen Blick. Als wüsste er um seine Befürchtung. Philip schob den Gedanken beiseite, wollte die Wahrheit gar nicht hören. Er sagte nur: »Deshalb trachtet das Offizium nach unserem Leben.«

»Um jeden Preis. Sie wollen uns aus dem Weg schaffen. Sie wollen das *Achat*, damit sie die Bücher entschlüsseln und sich die Rettung der Welt auf die eigenen Fahnen schreiben können. Damit wäre ihre Macht gesichert. Für alle Zeiten.«

»Aber noch lebe ich. Und werde es auch weiterhin, denn ich habe meine Fähigkeiten.« Philip sah den anderen an. »Und nun bin ich, nein, jetzt bist du gekommen, um mich zu retten. Ist das nicht ein viel ...«

»Vergiss es«, rief der andere, und Philip starrte ihn verdattert an.

Als Cato die Kammer wieder betrat, überkam ihn ein kaum bezähmbares Verlangen nach einem Kaugummi, denn das Kauen hätte sein aufgewühltes Gemüt beruhigen können. Er fühlte sich wie ein Junkie, der unbedingt den nächsten Schuss brauchte; der leise Kopfschmerz, der eine Grippe ankündigte, trug das Seinige dazu bei. Verdammt, seine Taschen waren bis auf ein vollgeschnäuztes Taschentuch leer, und er hatte arge Zweifel, dass sich in nächster Zeit etwas an diesem Zustand änderte. Was seinen Zorn auf den Bischof nur noch steigerte. Es hatte keinen Grund gegeben, ihn so rüde anzufahren.

Ein dumpfer Schlag auf den Hinterkopf ließ den Raum vor seinen Augen erzittern. Seine Verärgerung wich von ihm. Sein Kopf war plötzlich wie leer gefegt, er spürte nicht einmal mehr den Schnupfen. Die Beine gaben unter ihm nach. Auch sein Verstand wollte dem neuerlichen Drang, sich hinzulegen und zu schlafen, nichts mehr entgegensetzen. Aber eine Stimme in ihm warnte: *Das ist nicht der richtige Zeitpunkt dafür!*

Erst jetzt fiel ihm auf, dass das Mädchen nicht mehr auf dem zerbrochenen Bettgestell hockte. Er sah nur noch die zerschnittenen Seile, mit denen er ihre Beine gefesselt hatte. Alarmiert wirbelte er auf dem Absatz herum.

Sie stand hinter der Tür, wartete. Worauf? Dass er endlich zusammenbrach? Er griff sich an den Schädel, spürte warme Flüssigkeit unter seinen Fingern. Als er die Hand vor Augen hielt, sah er Blut. Endlich nahm er ein Pochen auf seiner Schädeldecke wahr. Aber er hatte schon schlimmere Schmerzen ertragen müssen.

Sie holte erneut aus. Seine Augen weiteten sich, als er das *Achat* zwischen ihren Händen erspähte. Er machte einen Satz zurück, und diesmal ging ihr Hieb ins Leere.

Im gleichen Augenblick schoss seine Hand vor, packte sie an der Kehle und schleuderte sie herum. Ihr Körper krachte gegen die schimmelige Wand. Das *Achat* fiel erneut zu Boden, aber auch diesmal blieb es heil.

Benommen sank die Frau an der Wand herab. Dort blieb sie sitzen, rieb sich den Hals. Er schlug die Stahlpforte zu und schloss ab. Danach baute er sich vor ihr auf. »Das war ein Fehler!«

Sie sah empor. »Wieso?« Ihr Kehlkopf hüpfte, während sie sprach. »Bringen Sie mich jetzt um?«

Er presste die Lippen aufeinander. In ihren Augen erkannte er das Wissen, dass er keine andere Wahl hatte und sie am Leben lassen musste. Deshalb antwortete er: »Lassen Sie das einfach.«

Trotzig hielt sie seinem Blick stand. Catos Kopf sank auf die Brust. Grenzenlose Erschöpfung schwappte abermals über ihn hinweg. Er fühlte sich ausgepumpt und war der ganzen Angelegenheit nur noch überdrüssig.

Bringen Sie den Jungen!, hatte der Bischof ihm befohlen. *Beeilen Sie sich!*

Mit einem Seufzen stieß er die Luft aus seinen Lungen. Er lehnte sich mit dem Rücken gegen die Wand, ging neben der Frau in die Hocke. Auch wenn er es nicht sah, er spürte die Überraschung, mit der sie ihn beobachtete. Aber sie machte keinerlei Anstalten, aufzustehen, auf ihn einzuprügeln, den Raum zu verlassen. Sie sagte keinen Ton. Cato schwieg ebenfalls.

So saßen sie eine ganze Weile. Gelegentlich betastete er die Wunde an seinem Hinterkopf. Sie blutete nicht mehr. Auch der Schmerz ließ bereits nach, ließ nur noch das fiebrige Wummern der Erkältung zurück. Ab und zu kroch von irgendwo ein leises Grollen durch den Raum, vielleicht eine U-Bahn, die das unterirdische Tunnellabyrinth durchkreuzte.

Seine eigene Stimme kam ihm fremd vor, als er schließlich fragte: »Wer sind Sie?«

»Beatrice«, entgegnete sie.

Das war nicht die Antwort, die er hatte hören wollen.

»Und wer sind Sie?«, fragte sie.

Er wandte den Kopf in ihre Richtung. Seine Pupillen musterten sie eindringlich, aber es schien sie nicht sonderlich zu stören. Zu einer anderen Zeit, an einem anderen Ort hätte er sie vermutlich geschlagen. Es stand ihr nicht zu, diese Frage zu stellen. Diejenigen, die dennoch seinen Namen erfahren hatten, hatten an ihrem Wissen nicht mehr lange Freude gehabt. Aber hier und jetzt spielte es keine Rolle mehr.

Er konnte nicht einmal mehr wütend auf den Bischof sein. Kein Zweifel, de Gussa verlor die Nerven, jetzt, da das Ziel ihrer jahrelangen Bemühungen greifbar war – und gleichzeitig in weite Ferne rückte.

Waren das die Auswirkungen jener Ereignisse, die das Offizium seit Jahrhunderten fürchtete? *Sie dürfen keine Zeit verlieren.* Und was war mit Catos Kräften? Sie waren ihm längst abhandengekommen. Nicht erst, seit Beatrice mit dem *Achat* auf ihn eingeschlagen hatte. Es waren die letzten Tage, Wochen, Monate und Jahre, die ihren Tribut forderten.

Er sagte: »Ich heiße Cato.«

»Cato«, wiederholte sie, als läge hinter den vier Buchstaben noch eine andere, größere Bedeutung verborgen. Doch sie schien das Geheimnis nicht entschlüsseln zu können. Achselzuckend verfiel sie wieder in Schweigen. Ein eigentümlicher Moment. Er konnte sich nicht daran erinnern, wann er zum letzten Mal mit einer anderen Person so andächtig beieinandergesessen hatte – außerhalb einer Kirche.

»Das letzte Mal muss in meiner Jugend gewesen sein«,

sagte er und war überrascht, als er seine eigene Stimme hörte. Eigentlich hatte es nur ein Gedanke sein sollen.

Beatrice sah ihn an. »Was war in Ihrer Jugend?«

Er rieb sich mit der Hand die Nase. Angewidert stellte er fest, dass er dabei das Blut im Gesicht verteilte. Mit der sauberen Hand versuchte er sich davon zu befreien. Als er fertig war, sagte er: »Dass ich mit einem Menschen friedlich zusammengesessen habe.«

Sie lachte auf. »Sie drohen mir, mich umzubringen. Ich schlage Ihnen den Schädel ein. *Das* nennen Sie friedlich?«

Er ging nicht darauf ein. Er nieste und sagte dann: »Damals war ich so alt wie Sie.«

»Aha«, machte sie.

»Mein Vater starb, von einem Moment auf den nächsten«, fuhr er fort und wunderte sich, warum er ihr das erzählte. Es passierte nicht oft, dass er seiner Erinnerung Platz zum Entfalten gab. Eigentlich war *Erinnerung* ein ihm unbekanntes Wort. Jetzt aber wollte er erzählen. »Natürlich starb er nicht sofort, aber damals erschien mir die Zeit zwischen dem Moment, da die Krankheit ausbrach, und jener Stunde, in der ich auf das Grab meines Vaters herabblickte, wie ein einziger Augenblick.«

»Was ist passiert?«

»Mein Vater wurde mit Magenschmerzen ins Krankenhaus eingeliefert. Die Ärzte gingen von einem Blinddarmdurchbruch aus. ›Ein Routineeingriff‹, sagten die Ärzte.«

»Aber das war es nicht?«

»Zuerst sah alles danach aus. Die Operation ging schnell über die Bühne. Mein Vater wurde zwar auf einer blutbefleckten Bahre aus dem OP-Saal an mir vorbeigerollt, aber für mich war das kein Grund, in Panik auszubrechen.«

»Schließlich war es nur ein Routineeingriff.«

Hustend nickte er. Die Worte sprudelten ihm über die

Lippen, als hätten sie nur darauf gewartet, endlich das Licht dieser Welt zu erblicken. »Ja. Erst als ich den Helikopter am Himmel verschwinden sah, der meinen Vater in die weiter entfernte Universitätsklinik überstellte, wurde mir klar, dass irgendetwas nicht stimmte.« Er unterbrach sich, hustete erneut. Das Kribbeln in seiner Brust nahm zu. Es würde eine richtige Grippe werden. »In der Universitätsklinik machte man ihn noch einmal auf, nur um ihn gleich darauf wieder zu verschließen. Sein Körper war ein einziger Tumor, zerfressen von Metastasen, ohne Hoffnung, ihrer noch einmal Herr zu werden. Man gab ihm Morphium, damit er die Schmerzen ertrug. Zwei Wochen später war er tot.«

»Das tut mir leid«, sagte Beatrice.

Cato warf ihr einen schnellen Blick zu, um zu sehen, ob sie das ernst meinte oder ob sie ihn verhöhnte. Immerhin hatte er vor wenigen Stunden erst ihren Freund und ihre Tante umgebracht. Mitleid war wohl das Letzte, was er von ihr erwarten durfte. Und doch lag etwas in ihren Augen, das er als Anteilnahme interpretierte.

»›Es war Gottes Wille‹, sagte meine Mutter, als ich irgendwann, viele Wochen später, mit ihr zusammensaß, so wie ich jetzt mit Ihnen hier sitze. Meine Mutter war ein sehr gläubiger Mensch. Und Gott fing auch mich in meinem Schmerz auf.«

»Haben Sie sich nicht gefragt, warum er den Tod Ihres Vaters überhaupt zugelassen hat?«

Catos Gesicht verzog sich. »Natürlich habe ich mir diese Frage gestellt. Aber ...«

»... es war sein Wille«, beendete sie seinen Satz.

»So ist es«, stimmte er zu. »Seinem Willen habe ich fortan mein Leben gewidmet.«

»Und dem Tod vieler Unschuldiger?«

Cato schaute sie an. Er rieb sich die Augenwinkel. Er

schniefte. Statt zu antworten, fragte er: »Was ist mit Ihrem Bruder?«

Sie presste die Lippen aufeinander. Es dauerte einige Sekunden, bis sie antwortete: »Er ist in Gefahr!«

Cato dachte an Lacie und an die Warnung des Bischofs. *Ich mache mir Sorgen seinetwegen. Sie müssen ihn im Auge behalten. Unbedingt.* Er sagte: »Ich weiß.«

»Nicht das, was Sie meinen ...« Sie fuhr sich mit einer Geste der Verzweiflung über ihren kahl rasierten Schädel. »Nicht Sie oder die anderen, die im Auftrag des Vatikans seit Jahrzehnten Jagd auf meine Familie machen.«

»Was denn dann?«

»Das wissen Sie sehr genau. Sie haben doch die Bücher, seit Sie meinen Großvater ...« Sie endete abrupt.

»Ja«, gab er zu, weil es keinen Sinn hatte zu leugnen. Er wollte sich nicht mehr in irgendwelche Lügenkonstrukte verstricken, nur um an ein Ziel zu gelangen, das gar nicht mehr existierte. »Aber wir können sie nicht lesen. Wir dachten, das *Achat* ...«

»So sollte es auch sein«, unterbrach sie ihn.

»Aber?«

»Sie haben es doch gerade miterlebt.« Sie wischte sich den Staub von den Wangen. »Irgendetwas hat sich verändert.«

»Und was bedeutet das?«

»Wie ich schon sagte: Mein Bruder ist in Gefahr.«

»Also ist es wahr, dass ...«

»Wir müssen ihm helfen!«, fiel sie ihm erneut ins Wort. »Sonst ist alles zu spät.«

Er öffnete den Mund zu einer Antwort, doch er hustete nur. Seine Lunge schmerzte, seine Augen tränten. Jetzt begriff er, dass es nicht nur Anteilnahme war, die sie seinen traurigen Kindheitserinnerungen entgegengebracht hatte. Da war noch mehr gewesen in ihren Worten und Blicken, nämlich das Wissen um das Leid und Elend auf dieser und einer anderen Welt, so wie man es ihrer Familie nachsagte. Also stimmte es doch: *Sie war die Richtige.* Aber was nutzte ihm diese Erkenntnis jetzt noch?

Lacie!

»Wer?«, fragte sie.

Abermals hatte er nicht mitbekommen, dass er seinen Gedanken ausgesprochen hatte. Schnell sagte er: »Ist nicht weiter wichtig.«

Es genügte, wenn er verstand. *Das Achat funktioniert nicht mehr.* War das ein Zeichen für das prophezeite Ende? Er schauderte. Sein ganzes Handeln, all die Jahre, seine Mühen erschienen ihm vergebens, die Morde sinnlos.

Doch nein! Hätte er das alles nicht auf sich genommen, säße er jetzt nicht an diesem Ort, an der Seite des Mädchens, mit seinem neu gewonnenen Wissen. Nur eines war noch wichtig: *Ich muss Lacie aufhalten.*

»Aber ich habe diese Fähigkeiten«, widersprach Philip.

Der andere stimmte zu. »Ja.« Er sagte es in einem Ton, der keinen Zweifel daran ließ, dass er längst noch nicht alles verraten hatte.

Weil er aber offenbar noch nicht gewillt war, darüber zu reden, sagte Philip: »Und ich muss sie nutzen.«

Sein Gegenüber fegte schroff mit der Hand durch die Luft. »Vergiss es.«

Philip zuckte erschrocken zusammen. »Aber ...«

»Nein!«, schrie der andere jetzt.

Etwas Dunkles naht. Wieder wurde Philip das Gefühl nicht los, dass da etwas war, was er übersah. Doch wie die vielen Male zuvor, entzog es sich seiner Gedanken. Zurück blieb nur das infernalische Irgendwo seiner grausigen Zukunftsvision. Eine von vielen Visionen zwar, aber alle hatten sich bislang als wahr entpuppt.

Der andere wusste um seine Gedanken. »Deine Träume. Ich weiß.« Er hustete und verzog schmerzhaft sein Gesicht. »Ich werde noch heute von ihnen gebeutelt. *Etwas Dunkles naht.* Der gute, alte Ritz. Ich kann mich noch an ihn erinnern. Er hat mich ... uns gerettet. Ja, und dabei hat er einen Blick in das Geheimnis unserer Familie werfen können. Damit wurden all seine morbiden Fantasien, die er zuvor in seine Bilder ritzte, wahr, schlimmer, als er es sich je hätte ausmalen können.«

»Und was ist damit? Mit der Dunkelheit?«

Der andere zuckte achtlos die Achseln, als ginge es darum, die Fußballergebnisse des vergangenen Spieltages zu verkünden. »Es ist das, worüber Cuthbert in seinen Büchern geschrieben hat. Das, was uns alle erwartet, verstehst du? Nach dem Armageddon. Nach dem Inferno. Eine neue Eiszeit. Die Dunkelheit.«

Philip schlang die Arme um seinen Leib. Er hätte nicht gedacht, dass es noch möglich war, aber er fror noch stärker als zuvor. Die Richtung, in die das Gespräch sich entwickelte, gefiel ihm gar nicht. »Ich dachte, wir können es verhindern?«

Der andere zog die Augenbrauen skeptisch zusammen. Kleine Eisklümpchen hatten sich darin verfangen. »Können wir das?«

»Was soll das heißen?«

Der andere sah ihn nur schweigend an.

»Beginnt sie jetzt, diese Eiszeit?«, begehrte Philip zu wissen und wies auf den endlosen weißen Flor, der die Stadt bedeckte. Er fühlte sich deprimiert. Und wütend, weil der andere es offenbar darauf anlegte, ihn in diese Stimmung zu versetzen.

Es hätte Philip nicht einmal überrascht, wenn jetzt die Toten hervorgetreten wären, einer nach dem anderen. Die verlorenen Seelen aus der Zwischenwelt.

Doch stattdessen tauchte aus der Richtung, aus der Philip gekommen war, der Priester auf. Sein schwerer schwarzer Mantel drosselte sein Tempo, auch sein Alter und die Arthritis hemmten seinen Körper, aber Philip sah, wie Kahlscheuer sich verbissen abmühte, sein Ziel zu erreichen.

Der andere lachte. »Da kommt unser gemeinsamer Freund. Jetzt wird die Zeit wirklich knapp.«

Der Hinweis war überflüssig. Philip konnte sich auch ohne Blick in die Zukunft denken, dass es nicht mehr lange dauern würde, bis auch der Bundesgrenzschutz auf der Bildfläche erschien. Oder die Bombe explodierte. Oder das Inferno begann? »Verdammt«, fluchte Philip. »Sag schon, beginnt die Eiszeit jetzt?«

Der andere sagte nichts. Auch das war eine Antwort.

»Aber das ist absurd«, widersprach Philip. »Was ist mit

dir? Mit mir? Der Prophezeiung? Wir haben doch die Gabe! Unsere Fähigkeiten! Ist das etwa alles umsonst?«

»Fähigkeiten? Gabe?« Der andere trat einen Schritt zurück, als scheute er sich davor, noch länger gemeinsam mit Philip an einem Ort zu verweilen. »Es ist egal, wie du es nennst. Weil es am Ende ein Fluch ist. Das ist es! Ja, *verflucht,* es ist umsonst.«

Philip fasste sich an die Schläfe. Die Sache wuchs ihm endgültig über den Kopf. Gerade noch hatte der andere ihm die Bedeutung hinter alldem erklärt, was ihm in den vergangenen Tagen widerfahren war. Und, piss die Wand an, es klang glaubhaft: Die Fähigkeiten waren ein Segen, mit dessen Hilfe er den Menschen, den lebenden wie den toten, helfen konnte. Er hatte es selbst wiederholt erlebt. Er blickte zum Koffer hinab. *Noch vor wenigen Minuten erst habe ich dank einer Vision Menschenleben gerettet!* Doch jetzt warf der andere alles über den Haufen. Nichts ergab mehr einen Sinn. Verzagt fragte er: »Was ist mit Ritz' Mutter, der kleinen Lisa, dem Polizisten am Hermannplatz, diesem Kofferbomber ...?«

Der andere sagte: »Es gab vielleicht einmal eine Zeit, wo wir mit unseren Fähigkeiten etwas hätten bewirken können. Aber ...« Er dehnte die Worte, als spreche er mit einem kleinen Kind. »Diese Zeiten sind längst vorbei.«

Philip traute sich kaum, die Frage zu stellen. »Was ist passiert?«

»Das weißt du am besten. Schließlich bist du Reporter.«

Aus dem Augenwinkel sah er den Priester nahen. Philip drängte: »Sag es mir!«

Der andere wies auf den Koffer. Schlichtes braunes Leder im Schnee. Wie unschuldig. Aber mit teuflischem Inhalt. »Es ist der Tod«, sagte er, als erklärte das alles.

»Der Tod?«

»Luftverschmutzung. Umweltzerstörung. Atombomben.

Terror. Gewalt. Sinnlose Kriege. Neuer Hass. Mord. Totschlag. Vergewaltigungen. Entführungen. Muss ich noch mehr aufzählen?«

Philip schüttelte den Kopf.

»Die Saat des Todes, der Hass und die Gier, sie sind die Geißeln des 21. Jahrhunderts. Und alles wird noch schlimmer. Noch viel schlimmer.« Der andere deutete ein Achselzucken an, eine kaum sichtbare Bewegung seiner Schultern. Mit schwerer Stimme sagte er, und es schnürte Philip die Kehle zu: »Dieser Jahrhundertwinter, dieser Sturm, diese unerträgliche Kälte, sie sind ein erstes Zeichen dessen, was kommen wird. Nur ein erstes Zeichen.«

Nun, damit waren zumindest einige von Philips Fragen, die die Welt in 20 Jahren betraf, beantwortet. Mehr wollte er gar nicht hören. Aber der andere fuhr unerbittlich fort: »Aber dann, irgendwann, in hundert Jahren. Oder zweihundert. Wer weiß ... Solange keiner Cuthberts Bücher gelesen hat, weiß es niemand genau. Nur eines ist sicher: Es wird geschehen.«

Philip konnte nicht glauben, was er hörte. Doch noch immer war der andere nicht am Ende angelangt: »Niemand wird es aufhalten können, auch du nicht. Oder ich. Oder dein Sohn.«

Die Worte trafen Philip wie der Hieb einer Keule. *Sein Sohn.* Er schnappte nach Luft. *Chris.*

Aber der andere nahm keine Rücksicht auf seine Gefühle, preschte weiter voran: »Die technischen Errungenschaften der Menschen haben unsere Kräfte längst überflügelt. Nur noch so alte Männer wie das *Offizium* glauben, sie könnten mit irgendwelchen Büchern, dem *Achat* oder übersinnlichen Fähigkeiten dem Todeskult irgendetwas entgegensetzen. Oder die Welt vor dem Untergang retten.«

Zaghaft fragte Philip, und er dachte dabei auch an

seinen Sohn: »Und was wird jetzt aus unseren Fähigkeiten?«

Sein Gegenüber rieb sich die Augen. Mit geröteten Lidern blickte er ihn an. In den Pupillen standen Schmerzen und Trauer aus zwanzig Jahren geschrieben, mit einer solchen Intensität, dass es Philip selbst die Tränen in die Augen trieb.

»Sie machen dich verrückt«, antwortete der andere. »Ich lebe seit über zwanzig Jahren mit dieser Gabe.« Er ballte die Hände zu Fäusten. »Diesem Fluch. Seit zwanzig Jahren halte ich mich von allen Menschen fern, keine Berührung, keine Zärtlichkeit, keine Liebe. Stattdessen diese Bilder in meinem Kopf. Immer wieder neue Visionen. Ich lebe mehr mit den Toten als unter den Lebenden. Doch was habe ich erreicht?« Sein Körper wurde von einem Krampf erfasst. Er schüttelte sich wie unter schweren Schmerzen. Als er wieder stillstand, wiederholte er: »Was habe ich erreicht?« Er schrie jetzt fast. »Nichts habe ich erreicht!« Schnaufend rang er um Atem. »Im Gegenteil, alles wird schlimmer. Die Menschen gebärden sich immer mehr wie Irre. Sie suchen förmlich den Tod. Und natürlich, sie finden ihn. Für eine Seele, die du rettest, kommen drei neue hinzu. Der Kampf ist aussichtslos. Es ist traurig. Zum Verzweifeln. Ich werde verrückt. Und auch du wirst deinen Verstand verlieren, jeden Tag ein bisschen mehr, wenn du merkst, dass du dein Leben in Einsamkeit verbringst, aber nichts, rein gar nichts bewirken kannst. Dass die Zeiten für diesen mystischen Hokuspokus vorbei sind. Armer Cuthbert. Er hat es nicht verdient. Aber das, Philip, *das* ist die Wahrheit.«

Philip spürte einen eisigen Schauer über seinen Rücken wandern. Er brauchte einige Sekunden, bis er sich davon erholt hatte. »Bist du deshalb gekommen? Um mir *das* zu sagen?«

Kahlscheuers Stimme drang an sein Ohr. »Gott sei Dank«, keuchte er. »Ich habe Sie gefunden!« Er beugte sich vor, stützte die gichtigen Hände auf die Knie. Er rang um Atem, sein Gesicht war von der Anstrengung tiefrot angelaufen. Die Haare standen ihm wirr vom Kopf ab.

»Hallo Pfarrer Kahlscheuer«, nickte der andere.

Der Priester glotzte verblüfft. »Sind wir uns schon einmal ...?!« Ein zischender Laut kam über seine dünnen Lippen. Ungläubig wechselte sein Blick zwischen Philip und ... »Das ist mein Bruder«, sagte Philip rasch. »Ich habe ihm von Ihnen erzählt.«

»Ihr Bruder?«, entgegnete Kahlscheuer hechelnd. Jetzt standen Zweifel in seinem rotwangigen Gesicht. Er wackelte mit dem Kopf, als könnte er so die Fata Morgana vor seinen Augen zum Verschwinden bringen. Zu Philip sagte er: »Die Sicherheitsbeamten haben mich verhört, aber ...«, er wies auf seine von Eis überzogene Soutane, »... ich bin ein Priester. Es gibt nichts, was ich mir habe zuschulden kommen lassen. Also haben sie mich gehen lassen.«

»Was haben Sie denen erzählt?«

Kahlscheuers Miene wirkte gequält. »Was hätte ich denn erzählen sollen?« Sein Blick streifte den anderen. »Die Wahrheit ... sofern ich sie kenne. Dass ich Ihnen begegnet bin, dass ich mitbekommen habe, dass Sie einem Attentäter auf der Spur sind. Dass ich versucht habe, Sie davon abzuhalten, ihn alleine zu finden. Ansonsten ...« Seine Stimme gewann an Schärfe. »Ich weiß doch selbst nicht, was los ist.«

»Sie werden es noch erfahren«, mischte sich der andere ein.

Philip sah ihn an. Der andere nickte. Er musste es wissen. Aber trotzdem lag etwas in seiner Miene, das Philips Misstrauen schürte. Der andere verschwieg ihm noch immer etwas.

Kahlscheuer schien indes beschlossen zu haben, dass jetzt nicht der richtige Augenblick war, um lange Gespräche zu führen. »Aber nichtsdestotrotz hat man die höchste Alarmstufe ausgerufen. Man sucht Sie. Sie sind der Einzige, der den Terroristen gesehen hat. Sie müssen unbedingt zurückkehren, wenn Sie nicht wollen, dass man Sie ...«

»Gleich«, sagte Philip.

»Gleich!«, stimmte der andere zu und griff nach Philips Hand.

Die Audienzhalle im Vatikan war ein Abbild der Scheußlichkeit. Sie war Ende der 1960er-Jahre gebaut worden und wirkte wie eine zu groß geratene, dafür überilluminierte Schulaula. An diesem Eindruck konnten auch der schillernd leuchtende Adventsbaum und die Krippe nichts ändern, die seit wenigen Tagen aufgebaut waren. 12.000 Sitzplätze gab es in dem gewaltigen Raum, obwohl sich nur die wenigsten Pilger überhaupt hinsetzten. Ihnen war es egal, wie es hier aussah, wie lange sie standen, wie dicht gedrängt sie sich aneinanderpressen mussten, um einen Blick auf den Heiligen Vater zu werfen.

Auch an diesem Sonntag sangen sich seit Stunden farbenfroh kostümierte Schülerinnen aus Seoul in Stimmung, Brautpaare aus Toronto, Texas und Traunstein und Mitglieder eines Tango- und Folklore-Vereins aus Buenos Aires. Dann kam er von hinten in die Halle, fasste in ausgestreckte Hände, bis er endlich vorne an seinem Podest ankam.

Im Saal herrschte atemlose Stille. Der Papst sprach. »Fratelli e sorelle«, begann er sanft und entschieden. »Brüder und Schwestern.« Seine Gesten waren dabei die gleichen wie die eines Lehrers, der seinen Schülern auftrug, brav und friedlich die Ferien zu genießen.

Danach bat er die Versammelten zu sich. Mit jedem wechselte er ein paar Worte. Einmal hielt er inne. Sein Blick flog über die Köpfe der Gläubigen. Weiter hinten, direkt am Eingang zur Halle, machte er eine Gestalt aus, die den heutigen Vormittag eigentlich an seiner Seite hätte verbringen sollen. Vielleicht ging es dem Bischof nicht gut. Tatsächlich konnte der Papst selbst aus der Entfernung die Blässe erkennen, die er zur Schau trug. Auch sein Haar, sonst gepflegt und gescheitelt, hing ihm wirr vom Kopf.

Der Papst nickte ihm lächelnd zu, bevor er sich wieder einer Gruppe Jugendlicher widmete.

Bischof de Gussa konnte nicht hören, worüber sie sprachen. Aber es waren ohnehin immer die gleichen Gespräche. Leise wispernd, ehrfürchtig, hingerissen. Über das Leben. Den Glauben. Liebe. Den Tod.

De Gussa verspürte ein schmerzhaftes Ziehen in der Bauchgegend. *Der Tod!* Er hatte versucht, dessen Geheimnis zu erkunden – und zu bewahren. Jetzt hatte seine eigene letzte Stunde geschlagen. Wie Boris Garnier schon richtig gesagt hatte: *Entweder man ist im Offizium oder nicht.* So war die Regel, daran ließ sich nichts ändern.

De Gussa bekreuzigte sich, als er die Audienzhalle verließ. Er war froh, dass er auf dem Weg zurück in seine Gemächer noch einen Abstecher hierher unternommen hatte. Jetzt fühlte er sich besser.

Draußen stürzte sich der Winter auf ihn. Die Soutane schützte nur wenig vor der Eiseskälte. Eine Gänsehaut legte sich über seinen Körper. Er legte einen Schritt zu, doch nach wenigen Metern verlangsamte er wieder. Er hatte keinen Grund, sich zu beeilen.

Seine Lippen waren gefroren, als er schließlich den Gouverneurspalast erreichte. Er betrat das Foyer und betrachtete die Marmorsäulen, die die prachtvoll verzierte Decke etliche Meter über seinem Kopf stützten. Andächtig lauschte er der Stille. Als sich Schritte näherten, setzte er sich in Bewegung, stieg Stufen empor, folgte den Fluren, nicht ohne gelegentlich vor der einen oder anderen Pforte stehen zu bleiben. Es gab so viel Sehenswertes in diesem Gebäude, so viel Geheimnisvolles in der ganzen Vatikan-Stadt, das den Blicken der Touristen verborgen blieb.

Er erreichte seine Räumlichkeiten. Er öffnete das Portal, durchschritt das Vorzimmer und nahm hinter seinem Schreibtisch Platz. Die Lampe, die er anknipste, enthüllte das Chaos. Es war unverändert wie am Morgen. Es würde so bleiben.

Das Buch, das seit einer Woche aufgeschlagen unter einem Stapel von Unterlagen lag, erregte seine Aufmerksamkeit. Bis heute hatte er das Ende nicht erreicht. Auch daran würde sich nichts ändern.

Er löste sein Zingulum, den engen Gürtel, der sich um seinen Bauch schlang. Erleichtert dehnte sich sein Bauch aus. Nur ein wenig. Aber de Gussa wusste, dass er zugenommen hatte.

Er zog sich den Ring vom Finger. Der purpurne Stein funkelte im Licht seiner Schreibtischleuchte. Er streichelte ihn verträumt. Er konnte sich noch gut daran erinnern, wie er ihn das erste Mal über seinen Finger gestreift hatte. Es war ein erhebendes Gefühl gewesen. So erhebend wie an jenem Tag, als er ins Offizium eingeführt worden war.

Er öffnete die Schublade. Dort lag schon seit Jahren eine kleine Schachtel. Weshalb er sie aufbewahrte, konnte er nicht mit Bestimmtheit sagen. Tief in seinem Unterbewusstsein hatte er wohl schon immer gewusst, dass dieser Tag kommen würde.

Er sammelte ein bisschen Speichel, schob zwei der Tabletten über die Lippen und schluckte. Er lehnte sich in dem Sessel zurück und schloss die Augen. Endlich konnte er schlafen. Nur noch schlafen.

Als sein Handy klingelte, bekam er es nicht mehr mit.

Die Bewegung des anderen war so abrupt, dass Philip unwillkürlich zurückzuckte. Auch Kahlscheuer wollte etwas gegen die neuerliche Verzögerung einwenden, doch der andere war schneller. Er packte Philip an den Fingern, hielt sie fest umschlossen und ließ keinen Zweifel daran, dass er sie nicht eher freigeben würde, bis er dazu bereit sei.

Nichts passierte.

Was hatte Philip erwartet? Dass die innige Berührung mit seinem anderen Ich den Himmel öffnete und Blitze auf die Erde niederschleuderte? Dass Raum und Zeit endgültig auseinanderbrachen und augenblicklich das Armageddon einläuteten?

Also stand er Hand in Hand mit sich selbst auf dem Flugfeld. Eigentlich eine amüsante Vorstellung. Aber der Anflug von Heiterkeit schwand so schnell, wie er ihn ereilt hatte. Jetzt war er sich nämlich gar nicht mehr so sicher, ob sich tatsächlich noch die Startbahn unter seinen Füßen befand.

Schnee, kilometerweit nur Schnee. Wie in seinem Traum, jener Vision, die ihn an einen Ort entführte, an dem das Inferno bereits gewütet hatte. Ein Windstoß packte ihn, eine eisige Hand, die ihm inzwischen vertraut war. Seine Nackenhaare richteten sich auf. Eine Gänsehaut überzog seinen Körper. Er verspürte ein Kribbeln unter der Haut. Ein sanftes Flirren, als würde Energie durch ihn hindurchströmen.

Philip blickte den anderen an. Dieser wies mit der freien Hand nach vorne. Da war nichts außer einer endlosen weißen Wüste, in der die Welt, wie Philip sie kannte, versunken war. Vernichtet. Zerfallen. Zermürbt vom beißenden Frost.

Philip konnte nichts erkennen. Doch der andere deutete weiterhin nach vorne.

Jakob Kahlscheuer traute seinen Augen nicht. Der Bruder – oder jene Person, die der Junge als seinen Bruder ausgegeben hatte – ergriff Philip Hader an der Hand. Doch anstatt mit ihm fortzulaufen, was unter diesen Umständen durchaus nachvollziehbar gewesen wäre, oder ihn zum Terminal zu bringen, wo die Beamten auf eine Erklärung warteten, standen die beiden still und starr auf dem Flugfeld. Als hätte der Winter endlich Macht über sie gewonnen und sie zu blassen Statuen gemacht.

»Herr Hader, wir müssen ...«, rief Kahlscheuer und sparte sich den Rest seiner Worte. Die beiden Männer hörten ihn nicht. Ihre Blicke waren seltsam entrückt, als hätten sie irgendwelche Drogen genommen und befänden sich auf einem Trip. Mehr als einmal hatte er in Neukölln Jugendliche im Kirchengebäude von St. Clara vorgefunden, meist am Morgen nach der Frühmesse, wenn das Haus den Gläubigen für eine stille Andacht offen stand. Die Kids hatten mit großen Pupillen auf den Bänken herumgelungert und voller Begeisterung über die einfachen Bilder gesprochen, die in schmucklosen Rahmen an einer Wand hingen, von der der Putz bereits abblätterte: irgendwie auch ein Sinnbild für den Leidensweg Christi.

Aber hier und jetzt war nicht der Zeitpunkt für eine Bewusstseinserweiterung. Deshalb führte er die Hände an den Mund, formte mit den verkrampften Fingern einen Trichter und brüllte: »Bitte, beeilen Sie sich!«

Wie zur Antwort zeigte der andere Mann nach vorne. Überrascht folgte Kahlscheuers Blick der Handbewegung. Da war nichts. Sosehr er seine Augen auch anstrengte, außer Schnee konnte er nichts erkennen.

Er entschied, nicht länger zu warten. Schließlich hatte der Junge gebeten, ihm zu helfen. Und genau das hatte er jetzt vor. Der Junge musste mit den Sicherheitsbeamten sprechen. Er musste ihnen erzählen, was er wusste. Egal, *woher* er es wusste.

»Herrgott, kommen Sie!« Kahlscheuer griff nach Philip, der noch immer an seinen Bruder geklammert dastand.

Das hätte er nicht tun sollen. Kaum dass er ihn berührte, schoss ein Stromstoß durch seinen Leib. Erst dachte Kahlscheuer, es wären abermals die scheußlichen Krämpfe, die ihn heimsuchten. Er sah sich bereits vor Schmerzen im Schnee wälzen, während sich die Hose im Schritt allmählich nässte.

Dann spürte er, dass es diesmal anders war. Das war nicht die Arthrose, sondern ein Vibrieren, das sich tief aus dem Erdkern schälte. Die Ankündigung eines Bebens. Er schenkte ihm keinerlei Beachtung, weil er die Menschen sah, die ihn jetzt umringten. Es waren unglaublich viele.

Sein Glaube hatte ihn nicht auf sie vorbereitet.

»Und, was haben Sie vor?« Beatrice erinnerte sich daran, wie Cato beim letzten Mal auf diese Frage reagiert hatte, ihre Wange brannte noch immer. Aber nach dem, was in der vergangenen Stunde zwischen ihnen vorgefallen war, würde er diesmal nicht die Beherrschung verlieren.

Tatsächlich putzte er sich nur die Nase und zuckte die Achseln. Gedämpft durch das Taschentuch sagte er: »Wir müssen Ihren Bruder retten.«

Sie sah ihn verblüfft an. »Wir?«

»Wer sonst?«

»Ich.«

»Nein«, wehrte er ab. »Ich komme mit.«

»Und wenn ich Sie nicht mitnehme?«

Seine Miene wurde wieder ernst. Mit der Hand beschrieb er einen Bogen, der die ganze Armseligkeit der Kammer umfasste, und deutete schließlich mit dem Zeigefinger auf die schwere Metalltür. »Ich möchte Sie nicht daran erinnern müssen, dass Sie noch immer meine Gefangene sind. Wir gehen zusammen.«

»Wer sagt mir, dass Sie ihn nicht wie meinen Großvater verschwinden lassen, sobald ich Sie zu ihm geführt habe.«

»Ich verspreche es!«

Beatrice schätzte ihn aufmerksam ab. Noch immer wunderte sie sich über die Veränderung, die so schnell Besitz von ihm ergriffen hatte. *Von einem Moment auf den nächsten.* Wie der Tod seines Vaters. War es nur eine Finte von ihm? Ein Blick auf das *Achat* erinnerte sie daran, dass es noch mehr Sachen gab, die ihr Kopfzerbrechen bereiteten. Da passte ein Priester, der sich vom Saulus zum Paulus wandelte, gerade recht ins Bild. *Und die Uhr tickt unaufhaltsam vorwärts.*

»Noch einmal«, sagte er und hustete. »Ich verspreche es.«

Sie nickte, hob das blutverschmierte *Achat* auf, legte es zurück in die Schatulle und packte diese in ihren Rucksack, bevor sie ihn sich über die Schulter warf. »Dann kommen Sie!«

Er stand auf und durchquerte den Raum. Er riss einen Streifen vom Stoff der Matratze. Als sie ihn fragend anschaute, deutete er auf seine gerötete Nase. »Ich hab keine Taschentücher mehr.«

Er ging zur Tür und schloss auf. Wie sie vermutet hatte, befanden sie sich in einem unterirdischen Bunker. Ein schmaler Gang führte von der Kammer weg. Alle paar Meter hingen Glühbirnen von der Decke, warfen konzentrische Kreise auf den spröden, staubigen Boden. Dazwischen wucherten immer wieder Schatten, ein unheimliches Wechselspiel zwischen Licht und Dunkelheit.

Cato führte sie durch ein Labyrinth aus Tunneln. Der Geruch abgestandener Luft kroch in ihre Nase. Dann roch sie Schimmel. Einmal sogar Urin. Sie begann durch den Mund zu atmen. Kurz darauf spürte sie einen pelzigen Geschmack auf der Zunge.

Cato schien sich nicht daran zu stören. Wahrscheinlich war er die Ausdünstungen hier unten gewohnt. Oder seine Nase war so stark verschnupft, dass er es nicht mehr roch. Er lief weiter, durch einen Torbogen und in einen weiteren schmalen Stollen hinein, der einen Bogen beschrieb. Gelegentlich zweigten Tunnel ab, die sich in der Dunkelheit verloren.

Beatrice lauschte in die Finsternis. Die dicke, feuchte Luft kam ihr wie Watte vor, die alle Geräusche dämpfte. Dann aber hörte sie doch etwas: ein dumpfes Grollen über ihrem Kopf, das wie weit entfernter Donner klang. Es weckte eine Erinnerung an die finstere Gasse in London, in der sie erwacht war. Es war das Röhren einer U-Bahn. Es wurde lauter.

»Hier entlang«, sagte er und deutete auf rostige Stiegen, die senkrecht in die Höhe führten. Schneeflocken rieselten von oben herab. »Sie zuerst.«

Also erklomm sie als Erste die Leiter. Als sie oben ankam, musste sie einen Gitterrost beiseiteschieben. Sie reckte den Kopf aus dem Loch. Die Stadt war hinter einer dichten Schneewand verborgen. Der Sturm trieb die Flocken vor sich her. Die Lichter der Straßenlaternen durchdrangen nur spärlich das weiße Treiben.

»Was ist?«, hörte sie Catos dumpfe Stimme unter sich. »Warum klettern Sie nicht raus?«

Für den Bruchteil einer Sekunde zog sie in Erwägung, ihm ihre Schuhe ins Gesicht zu treten und die Flucht zu ergreifen. Aber es kam ihr falsch vor. Sie musste ihren Bruder retten, und wenn Cato sein Versprechen ernst meinte, konnte er ihr eine große Hilfe sein.

Sie zwängte sich aus dem Schacht und wartete, bis er neben ihr stand. Wieder fiel ihr seine Soutane auf. Dass er nicht fror? »Und jetzt?«, rief er gegen das Heulen des Windes an.

»Wir müssen zum Flughafen.«

»Welcher?«

Sie rief sich die Bilder in Erinnerung, die ihr das *Achat* im Tresorraum der *Royal Bank of Scotland* in London offenbart hatte. »Schönefeld!«

»Und wie kommen wir dahin?«

Sie passierten eine Straße. »Mit einem Taxi?«

»Vergessen Sie's«, erklärte er. »Wo wollen Sie jetzt ein Taxi herbekommen?«

Es waren nur wenige Autos auf den verschneiten Straßen unterwegs. Orangefarbene Blitze durchschnitten das Schneetreiben in einem bizarren Rhythmus. Selbst das Räumfahrzeug der Stadtwerke hatte Mühe, sich gegen die Massen durchzusetzen, die auf dem Asphalt niedergingen.

Cato sprang auf die Straße. Er breitete die Arme aus und gestikulierte wild. Erst in letzter Sekunde bemerkte der Fahrer ihn. Bremsen heulten auf, die riesige Schaufel schepperte über den gefrorenen Asphalt. Der LKW kam zum Stehen, wenige Zentimeter vor dem Priester.

Der Fahrer fuchtelte aufgebracht hinter der Fensterscheibe, zeigte ihm einen Vogel. Beatrice erklomm die zwei Stiegen zu der Fahrerkabine, klopfte gegen die Scheibe. Der Fahrer kurbelte das Glas herunter.

»Sind Sie von allen guten Geistern verlassen?«, schrie er ihr entgegen.

»Wir müssen zum Flugplatz«, sagte Beatrice.

»Ach«, lachte der Fahrer. »Und ich muss aufs Klo. Sonst noch Probleme?«

»Es ist wichtig!«

»Wohin wollen Sie denn? In die Karibik?« Kopfschüttelnd kurbelte er das Fenster wieder hoch. »Leute gibt's ...«

Da stand Cato plötzlich neben ihr und riss die Tür auf. Er packte den Fahrer am Revers seiner orangefarbenen Uniform und zerrte ihn aus der Kabine. Mit einem Schmatzen landete er im Schnee.

»Los!«, sagte Cato und drückte Beatrice auf die Sitzbank. Er selbst klemmte sich hinters Steuer. Noch während er die Tür hinter sich zuzog, gab er Gas. Der LKW machte einen Satz und schoss vorwärts. In der Fahrerkabine toste der Motor mit einem Höllenlärm.

Wie betäubt spähte Beatrice über die Kühlerhaube, wo der Sturm alles daransetzte, ihnen die Sicht zu versperren. Sie konnte nicht fassen, dass sie ausgerechnet mit jenem Mann, der Paul und ihre Tante Angela-Marie auf dem Gewissen hatte und vor noch gar nicht so langer Zeit damit gedroht hatte, auch sie zu ermorden, unterwegs war, um ihren Bruder zu retten.

Verstohlen musterte sie Cato. Er krallte die Hände um

das Lenkrad, hustete und schnaufte, während er den LKW beschleunigte und wie ein Besessener durch die Frontscheibe stierte. Alles geriet durcheinander.

Aus allen Himmelsrichtungen kamen sie herbei, Männer, Frauen, Kinder. Sehr viele Kinder sogar. Nach und nach tauchten sie aus dem diffusen Dunst auf. Sie torkelten und wankten, nicht deshalb, weil der dichte Schnee und das tückische Eis ihnen das Gehen erschwerten, sondern weil alles Leben aus ihnen gewichen war. Es waren die verfallenen Leiber von Toten, die darauf warteten, dass jemand sie von ihrem Leid erlöste.

Einigen stand ein Bein im unnatürlichen Winkel vom Körper ab, als wären sie von einem Auto angefahren worden. Manchen war der Unterkiefer zertrümmert, anderen die Nase eingeschlagen, wieder anderen fehlte der halbe Schädel, als hätte ein Fleischer mit seiner Axt ganze Schlachterarbeit geleistet. Es gab Leichen, die noch nicht richtig verwest waren und zerfetzte Kleidung trugen, von Einschüssen durchlöchert oder von Messern zerfetzt. Die T-Shirts und Kleider waren blutgetränkt, die Augen der Menschen vor Schreck geweitet, als würden sie noch immer den Moment ihres Todes erleben, ihre Hände flehten um Gnade.

Der Anblick der Kinder war der schlimmste. *Mit den Kindern fängt es an.* Wie waren Menschen nur zu solchen Grausamkeiten fähig? Bestürzt sah Philip von einer Leiche zur nächsten. Es waren so viele. Hunderte?

Manche von ihnen bestanden nur aus Knochen und Kleiderfetzen, und ihre bleichen Kiefer schienen zu grinsen. Andere faulten noch wie Aas, trugen aufgeplatzte Haut zur Schau, aus der Flüssigkeit tropfte und eine schleimige Spur über den Asphalt zog. Einige waren gerade erst gestorben, ihre Haut mit grünen und blauen Flecken übersät, erste Anzeichen der Verwesung. Nicht Hunderte. Tausende.

Es war kein Schnee mehr zu erkennen, nur noch Körper, die sich dicht um ihn herumdrängten, so viele Körper, ein überwältigender Ansturm.

Eine Hand legte sich auf seine Schulter. Die Finger bestanden aus Knochen. Sie gehörten zu einem Skelett ohne Fleisch, Haut und Haare, in Kleiderfetzen gehüllt. Eine andere Hand schob sich nach vorne, berührte ihn am Kinn. Eine packte ihn am Arm. Und eine weitere umfasste sein Bein. Unmöglich, diese Menge zu erfassen, die auf ihn eindrängte.

Der andere drückte ihm die Hand, und Philip sah überrascht zu ihm. Sein Alter Ego war noch immer da, aber Philip hatte ihn nicht mehr wahrgenommen. Der andere wies auf die wankenden Gestalten, als wollte er sie zum Kauf anbieten. Er streifte einige der Leichen. Es machte ihm nichts aus. Zwanzig Jahre stumpften ab. Er deutete auf das endlose Meer aus toten Gesichtern, das vor ihnen wogte und brausend um Rettung flehte. »Glaubst du, du kannst alle Seelen retten? Du? Du allein mit deinen Fähigkeiten?«

Philip hätte den anderen am liebsten am Kragen gepackt, ihn geschüttelt, bis er nicht mehr wusste, wo ihm der Kopf stand. Und dabei hätte er ihm gesagt, dass dieses Elend ihn nicht kaltließ, dass er helfen wollte, egal, wie viel Kraft und Zeit es ihn kostete. Wenn es seine Aufgabe war, dann würde er sie erfüllen. Und wenn dem anderen das nicht passte, dann sollte er dorthin zurückkehren, woher er gekommen war. Er würde schon alleine die zwanzig Jahre überstehen. *Zum Teufel mit ihm!*

Nach wie vor traten weitere Leichen aus dem Nichts hervor, krochen aus den schneebedeckten Gebüschen und erhoben sich aus dem Graben jenseits der Startbahn, als hätten sie dort schon seit Jahrzehnten gelegen und voller Sehnsucht nur auf diesen Tag gewartet.

Sie grapschten nach ihm, einer nach dem anderen verstärkten sie den Druck ihrer Knochenfinger auf Philips Schulter, immer verzweifelter, bis sie ihn am ganzen Körper mit ihren hilflosen Händen bedeckten.

Noch etwas zerrte an ihm. Eine gewaltige Kraft, nicht von *dieser* Welt. Etwas blitzte vor seinen Augen auf. Dann wurde er fortgerissen.

Jakob Kahlscheuer vergaß seine Krankheit. Nicht dass die quälenden Schmerzen der Gicht nachgelassen hätten, aber angesichts dessen, was sich vor seinen Augen abspielte, verloren sie jede Bedeutung. Seine Zweifel wurden zerstreut, ebenso wie die Angst und die Wut, die an ihm genagt hatten.

Ich glaube!

Zwei Worte nur, die er plötzlich nicht mehr zu hinterfragen brauchte. Wenn das, was er jetzt vor Augen hatte, die Erklärung war für Philip Haders sonderbares Verhalten, wenn es der Grund für Eleonore Berders grausigen Tod war, wenn es das Motiv für die Gewalt des Vatikans war, nun, dann verstand er. Und noch viel mehr. Denn er, Kahlscheuer, war in dieser Sekunde Zeuge der wunderbaren Erscheinung.

Warum ausgerechnet ich?

Die Antwort stand nun klar vor seinen Augen. Weil er der zweifelnde Priester war, der sich abseits des göttlichen Weges befand. Es war ein Zeichen. Hieß es: »Denn wen der Herr lieb hat, den züchtigt er, und er schlägt jeden Sohn, den er annimmt. Es dient zu eurer Erziehung, wenn ihr dulden müsst ... Jede Züchtigung aber, wenn sie da ist, scheint uns nicht Freude, sondern Leid zu sein; danach aber bringt sie als Frucht denen, die dadurch geübt sind, Frieden und Gerechtigkeit.«

All diese verlorenen Seelen. Umso vieles verzweifelter als er. Sie brauchten Hilfe. Frieden und Gerechtigkeit.

Darum ausgerechnet du!

Was für eine Ehre wurde ihm zuteil. Was für eine Verlockung. Eine Aufgabe.

Eine Stimme grub sich in sein Bewusstsein. Eine kratzende Stimme, die unangenehme Erinnerungen weckte.

Er neigte sein Haupt, spürte nicht die Schmerzen, die in seinen Gliedern tobten. Zwischen all den Toten tauchte ein Gesicht auf, in dem zwar auf unheimliche Weise keinerlei Leben geschrieben stand, das aber dennoch nicht hierhergehörte. Es näherte sich ihm mit einer Geschwindigkeit, als könnte der vereiste Boden ihm nichts anhaben. Es lächelte. Ein Lächeln wie eine Waffe, die man nur zu zücken brauchte, um den Gegner zu vernichten. »Sie Narr, ich hätte Sie gleich bei unserer ersten Begegnung umbringen sollen!«

Ein Messer blitzte vor Kahlscheuers Augen auf. Ein Schrei löste sich aus seiner erkalteten Kehle.

Er wollte nicht sterben. Nicht in jenem Augenblick, in dem ihm das Wissen seiner wahren Berufung zuteil geworden war. Er wollte leben. Die Toten brauchten doch die Lebenden.

»Nicht jetzt.«

Vielleicht stieß er die Worte hervor. Vielleicht dachte er sie aber auch nur. Mit vor Schreck weit aufgerissenem Mund drehte er seinen gegen die Anstrengung protestierenden Leib um die eigene Achse und brachte sich vor dem tödlichen Stich in Sicherheit.

»Nicht jetzt!«, schrie eine Stimme.

Eine starke Kraft entriss Philip der vielfachen Umklammerung des Todes. Seine Finger glitten aus der Hand des anderen, die Leichen verschwanden vor seinen Augen, hinterließen nicht einmal Staub oder Knochen, nur Eis und Schnee. Die Sicht klärte sich, die Wolkenfelder des Sturms lösten sich auf. Die Abfertigungshallen erhoben sich wieder als graue Schemen am Horizont, nicht weit davon entfernt konnte er den Flughafen-Tower erkennen.

Philip hatte noch Zeit zu begreifen, dass es Kahlscheuer war, der seinen Arm um ihn gelegt hatte. In diesem Moment spürte er auch schon die Kälte, die in seinen Unterleib drang. Kalt wie Stahl.

Erschrocken japste er nach Luft. In seinem Inneren explodierte ein Feuerball, breitete sich aus. Der Widerstreit dieser Empfindungen ließ ihn wanken. Hilfe suchend sah er sich nach dem anderen um. Der war in den Hintergrund getreten, hielt mit einer Mischung aus Abscheu und Mitleid Abstand.

Dann versperrte ein grinsender Mann Philips Blick. Er war glatzköpfig, bleich und pockennarbig. Obwohl in seinem Magen ein Feuer zu lodern schien, erkannte Philip den Mörder des Fotografen Rüdiger Dehnen – und den seiner Großmutter.

Wut kochte in ihm empor, für den Augenblick noch heißer als das Gefühl in seiner Körpermitte. Er wollte auf den Mörder einprügeln. Doch aus einem Grund, den er nicht verstand, erreichte sein Befehl die Beine nicht. Er wollte den Mörder zur Rede stellen. Er holte Luft, doch seine Lunge füllte sich nicht. Er hustete, rang um Atem. Vergeblich. Was war los mit ihm?

Alle Kräfte schwanden aus seinem Körper. Er sackte

zusammen. Der Schnee dämpfte seinen Aufprall. Die Kälte spürte er nicht. Ihm war heiß. So heiß. Aber jetzt bekam er wenigstens Luft, röchelnd zwar, aber seine Lungen arbeiteten wieder. Luft. Leben.

Er drehte den Kopf zur Seite. Kahlscheuer stand mit vor Schreck geweiteten Augen über ihm, schüttelte den Kopf in einem fort. »Lacie, was haben Sie getan?«, stammelte er.

»Das, was ich mit ihnen machen wollte«, knirschte es zwischen den Zähnen des Mannes, den der Priester Lacie genannt hatte.

Philip sah an sich hinab. Seine Hände ruhten auf seinem Magen. Er hatte nicht bemerkt, wie er sich dorthin gefasst hatte. Eine rote zähe Flüssigkeit quoll zwischen seinen Fingern hervor.

Erst jetzt fiel Philip das Messer in Lacies Händen auf, dessen Funkeln erstorben war. Es war blutüberströmt. Einige Tropfen perlten davon ab, fielen in den Schnee, der sie gierig verschlang. Die Klinge schwebte vor Kahlscheuers Gesicht.

Dieser zeigte sich unbeeindruckt von der Gefahr. »Das wagen Sie nicht!«, schrie er.

Lacie lachte. »Ich sagte doch schon: Ich hätte Sie gleich bei unserer ersten Begegnung töten sollen.«

»Warum haben Sie es nicht gemacht?«

Fassungslos verfolgte Philip die Auseinandersetzung. Ein diabolisches Grinsen erfüllte Lacies Narbengesicht. »Weil ich hoffte, dass Sie mich zu dem Jungen führen. Und ...«, er hielt inne und wies auf Philip, »... meine Hoffnung wurde erfüllt.«

Kahlscheuer witterte seine Chance. Mit kleinen, unauffälligen Schritten entfernte er sich. »Jetzt haben Sie ihn gefunden«, sagte er. »Bitte schön, er gehört Ihnen.«

Philip glaubte sich verhört zu haben. Während er im

Schnee verblutete, versuchte der Priester ihn gerade zu verschachern, nur um sein eigenes Leben zu retten. »Kahlscheuer«, röchelte er.

»Still!«, fauchte der Priester. Philip entdeckte ein Glimmen in dessen Augen. Er erkannte es auf Anhieb. Er hatte es bei Grossmann, dem Mörder am Kudamm, gesehen, bei Carlos in der Untersuchungszelle, sogar bei dem rothaarigen Polizisten aus Neukölln. Und auch bei dem Attentäter im Terminal. Es war der heimtückische Blick des Todes. Der Virus des 21. Jahrhunderts.

Eine neue Schmerzwelle brach über ihn ein, verbannte die Gedanken aus seinem Bewusstsein. Es reichte noch für die Erkenntnis, dass er kraftlos im Schnee lag, während das Leben aus ihm sickerte. Der andere hatte sich noch weiter entfernt, war kaum noch zu erkennen. Warum verdrückte er sich? Warum machte er keinerlei Anstalten, ihm zur Hilfe zu eilen?

Ein erstickter Schrei lenkte seine Aufmerksamkeit zurück zu Kahlscheuer. Lacie hatte das Messer in den Leib des Priesters getrieben. Dieser stürzte zu Boden, geschüttelt von Krämpfen, bevor sein greiser, gichtiger Körper erstarrte.

Das Narbengesicht drehte sich zu Philip um. »Und jetzt zu den wichtigen Dingen.« Er ging neben Philip in die Hocke. Vertraut, wie zu einem guten, alten Freund, sagte er: »Wir haben lange nach Ihnen gesucht.«

Philip sammelte all seine Kraft, bevor er sagte: »Sie haben meine Großmutter getötet!«

Lacie grinste. »Sie war alt und nutzlos.«

»Piss die Wand an!« Philip sammelte Spucke und spie sie ihm ins Gesicht. Der Schleim landete in Lacies narbigen Kratern. Angewidert starrte er auf Philip herab, dann schlug er zu. Philips Schädel flog zurück, sein Hinterkopf traf auf hartes Eis. Für einen Moment verlor er die

Besinnung. Als er wieder erwachte, hatte Lacie den Koffer zwischen den Händen.

»Lassen Sie das!« Aus einem Reflex wollte Philip den Koffer an sich ziehen. Das Feuer, das in seinem Magen aufloderte, unterband eine hastige Bewegung. Und warum wollte er die Tasche überhaupt beschützen? Sollte der Mörder sich doch in die Luft sprengen.

»Sie hatten es ganz schön eilig, das gute Teil in Sicherheit zu bringen«, lachte Lacie, während er bereits an den Verschlüssen fingerte. Er bekam sie nicht auf, nahm sein blutverschmiertes Messer zur Hilfe.

Philip wandte das Gesicht ab, schloss die Augen, wappnete sich für die bevorstehende Explosion. Er schluckte schwer, spürte das gallige Blut, das sich in seiner Kehle sammelte. Da vernahm er knirschende Schritte im Schnee. Stimmen erhoben sich. Hitzige Wortgefechte, deren Inhalt er nicht verstand. Waren das die Sicherheitskräfte des Flughafens, die sie endlich entdeckt hatten? Viel zu spät.

Der Schneesturm ließ nach, als Cato das Fahrzeug der Berliner Stadtwerke auf die Zufahrt zum Flughafen lenkte. Mit Verwunderung stellte er fest, dass Menschen sich in Massen vor dem Gebäude herumtrieben, sich gegen die Kälte die Arme um den Leib schlugen. Sicherheitskräfte riegelten unterdessen den Eingang ab.

»Halten Sie an!«, rief Beatrice in den Lärm, der die Fahrerkabine erfüllte.

Er stoppte das Fahrzeug. Noch bevor es stillstand, stieß sie die Tür auf. Er riss die Handbremse hoch, sprang raus. Der hohe Schnee dämpfte den Aufprall. Er beeilte sich, ihr zu folgen, doch die verschnupften Atemwege erschwerten ihm das Vorwärtskommen. Sie verschwand zwischen den schneebedeckten Ästen einer Hecke. Ohne langes Zaudern zwängte er sich ebenfalls hindurch, bekam noch mit, wie einige der Leute vor dem Terminal in seine Richtung schauten. Da stolperte er bereits einen Abhang hinunter. Er konnte sich gerade noch auf den Beinen halten. Er fühlte sich müde und erschöpft, seine Nase lief, die Rotze tropfte auf seine Soutane. Er wischte sie nicht weg. Er setzte sich wieder in Bewegung. Beatrice war ihm bereits einige Dutzend Meter voraus, lief zielstrebig einer kleinen Ansammlung von Menschen entgegen.

Cato überschaute die Situation sofort. »Lacie, Sie Narr!«, keuchte er.

Der Junge, dessen Fotos er vor wenigen Tagen erst aus den Händen des Bischofs entgegengenommen hatte, krümmte sich blutüberströmt am Boden. Nur wenige Meter daneben lag ein weiterer Mann regungslos im Schnee. Aus seinem Mantel sickerte eine rote Flüssigkeit. Der weiße Kragen, der aus den Aufschlägen herauslugte, gab ihn als einen Priester zu erkennen. Was ging hier vor?

Es blieb wenig Zeit, sich Gedanken darüber zu machen. Denn inmitten dieser blutigen Szenerie stand Lacie, drauf und dran, sich ein weiteres Mal über den Jungen herzumachen.

»Lacie!«, rief Cato mit angeschlagener Lunge.

Es war nur ein Krächzen, doch das Narbengesicht hielt inne. Sein Blick fand zuerst das Mädchen. Er runzelte die Stirn. Dann sah er Cato, und seine Krater formten eine Maske, die wohl ein herablassendes Lächeln bedeuten sollte. »Cato, was treibt Sie denn noch hierher?«

Wieder waren da de Gussas Worte. *Ich mache mir Sorgen seinetwegen. Sie müssen ihn im Auge behalten. Unbedingt.* Wie recht der Bischof hatte. Cato sagte: »Sie vor Dummheiten bewahren.«

Lacie baute sich vor dem Jungen auf, als schütze er eine Trophäe. Sein Messer hielt er fest in der Hand, die Klinge abwechselnd auf Cato und Beatrice gerichtet. »Als wenn Sie das noch beurteilen könnten.«

»Und wonach sieht das hier aus?« Cato schüttelte entrüstet den Kopf. Ein Kribbeln wuchs in seiner Nase. »In aller Öffentlichkeit.«

Lacie winkte achtlos ab. »Das war so nicht geplant. Außerdem ...«, sein Grinsen wurde breiter und hässlicher, »... habe ich das, was Sie vergeblich suchen. Ich habe das *Achat.*« Er wies auf einen Koffer, der wie verloren im Schnee lag. Cato nieste. Er wischte sich die Nase mit der bloßen Hand ab und schenkte dem Koffer keinen Blick. Weiß der Teufel, was Lacie zu der Annahme verleitete, dass sich darin das *Achat* befand. Doch was Cato noch viel mehr verwirrte: Woher wusste Lacie überhaupt von dem *Achat?* De Gussa hatte es dem Narbengesicht gegenüber nicht erwähnt, da war Cato sicher; dass er dennoch um seine Existenz wusste, war ein weiterer Beweis dafür, dass Lacie längst seine eigenen Pläne verfolgte. Cato musste ihn aufhalten, das war sein Auftrag. *Machen Sie es!*

Er schaute zu dem Jungen. Cato erkannte auf einen Blick, dass es nicht gut um ihn bestellt war. Nicht weit entfernt stand ein Mann, die Hände in die Jackentasche vergraben. Er machte keinerlei Anstalten zu helfen. Deshalb forderte Cato: »Gehen Sie beiseite.«

Lacie straffte seinen Rücken. »Wenn hier einer verschwindet, dann Sie!«

Seine Stimme klang so selbstsicher, dass Cato unwillkürlich einen Schritt nach hinten machte. »Hören Sie, Lacie, der Befehl vom Bischof ist eindeutig: Sie unterstehen meinen Anweisungen.«

»Stecken Sie sich die Anweisungen dorthin, wo keine Sonne scheint.«

»Wenn der Bischof davon erfährt ...«

»Der Bischof wird gar nichts mehr erfahren.«

»Was soll das heißen?«

Lacie wuchs noch einige Zentimeter in die Höhe. »Er ist in Ungnade gefallen.«

Cato konnte nicht glauben, was er hörte. »Ganz sicher nicht.« Das Narbengesicht wollte ihn nur austricksen. Oder sagte er die Wahrheit? In seiner Stimme lag so viel Überzeugung, dass es Cato zutiefst erschütterte.

»Sie glauben mir nicht, oder?«, mutmaßte Lacie.

»Wieso sollte ich?«, entgegnete Cato und ärgerte sich, dass er so leise sprach.

»Rufen Sie den Bischof an!«

Cato bewegte sich nicht. Sein Schädel pochte. Die Augen tränten. Seine Nase tropfte schon wieder.

»Verdammt, rufen Sie schon an!«

Zögernd drückte Cato die Wahlwiederholung seines Handys. Es dauerte lange, bis jemand abnahm. Das alleine reichte, um das mulmige Gefühl in seiner Magengegend zu verstärken. Es war nicht der Bischof, der sich schließlich meldete.

»Wer ist da?«, fragte Cato unumwunden.

»Hier ist Armand van Loyen, der persönliche Sekretär des Bischofs.«

»Wo ist der Bischof?«

Van Loyen reagierte nicht. Vielleicht hatte er Cato nicht verstanden. Dieser wiederholte, jetzt lauter: »Geben Sie mir den Bischof!«

»Cato, sind Sie das?«

Cato erstarrte wie vom Blitz getroffen. »Woher ...?« Er verstummte. *Etwas hat sich verändert.* Beatrice hatte recht. Und wie um diesen Gedanken zu bekräftigen, sagte van Loyen: »Hören Sie, Cato, der Bischof ist tot.«

»Tot?«, wiederholte Cato mechanisch.

»Ja«, bestätigte van Loyen. »Und für Sie, Cato, gibt es nichts mehr zu tun. Haben Sie verstanden?«

Cato legte auf. Lacie lächelte ihn höhnisch an. Cato spürte, wie auch die letzte Prise Kraft, die in seinen alten Gliedern steckte, schwand. Es war vorbei. Er hatte verloren. Wie zur Bestätigung sagte Lacie: »Das Offizium hat einen neuen Vorsitzenden, Boris Garnier. Sie kennen ihn, oder?«

O ja, Cato kannte ihn. Der Bischof hatte ihm mehrfach von ihm erzählt. Als Präfekt der Kongregation ein Hardliner und im Offizium zuletzt de Gussas ärgster Widersacher. Vermutlich stand Lacie schon seit längerer Zeit in seiner Gunst. Aber wen interessierte das jetzt noch?

Cato schaute das Mädchen an. Er warf noch einmal einen Blick zu ihrem Bruder. *Kein Zweifel, es ist zu spät.* Es gab nichts, was er noch tun konnte. Er war zu alt für diesen Job. Ein Gedanke, der jetzt zur Gewissheit wurde. Langsam wandte er sich ab.

»Cato!«, rief Beatrice ihm hinterher.

Doch Cato verschwand, hinterließ ein letztes Niesen. Er hörte, wie Lacie sagte: »Der hilft Ihnen nicht mehr.« Lacie lachte. »Und jetzt wollen wir sehen, was in dem Koffer ist.«

»Was soll das?« Von Lacies gerade noch zur Schau gestellter Selbstsicherheit war nichts geblieben.

Philip schreckte aus seinem Dämmerzustand auf. Mit Mühe hob er die Augenlider. Er sah, wie das Narbengesicht wie verrückt Wäsche aus dem Koffer klaubte: Blusen, einen Rock. Slips. Einen BH. Die pinkfarbene Uniform einer Stewardess. Keine Bombe. Nicht mal die Zutaten eines explosiven Gemischs. Erst recht kein *Achat*.

»Was, zur Hölle, ist das?«, fluchte Lacie, in der einen Hand einen schlichten Büstenhalter, in der anderen ein Paar schwarze Strümpfe.

Jetzt erkannte Philip die Wahrheit. Natürlich, es hätte vorhin eine Übergabe vor den Schaltern von *Germanwings* stattfinden sollen. Doch in Wahrheit war er zu spät gekommen. Der Attentäter hatte seine verhängnisvolle Fracht bereits an die Stewardess übergeben.

Benommen bemerkte Philip, wie der andere wieder neben ihm stand. Er nickte wissend. *Glaubst du, du kannst alle Seelen retten?!*

Die Schmerzen in Philips Bauchgegend wurden übermächtig. Sie strahlten hinauf bis in seine Brust, pressten ihm die Rippen zusammen, raubten ihm den Atem. Er hustete. Schleim löste sich in seinem Hals. Er spuckte ihn aus. Es war Blut. Ein wirres rotes Muster sprenkelte den weißen Schnee.

In den Augen des anderen schwammen Tränen. Aber da war noch etwas anderes. Jetzt, als der Schmerz ihn allmählich lähmte, ihm die Chance nahm, dagegen aufzubegehren, durchschaute Philip, was der andere ihm verschwiegen hatte: Er war nicht gekommen, um zu retten. Er war gekommen, um zu töten.

Philip erinnerte sich an das, was der andere über seine

Flucht über die Startbahn vor zwanzig Jahren erzählt hatte. *Auf und davon!* Ja, er war geflohen, seinen Verfolgern entkommen und hatte gelebt, bis heute. *Die Geschichte wiederholt sich.* Auch Philip wäre heute mit heiler Haut davongekommen, wäre der andere nicht aus dem Nebel aufgetaucht und hätte ihn aufgehalten. Damit die Geschichte sich eben nicht mehr wiederholte. Damit man ihn tötete.

Warum?

Weil er sich nach zwanzig Jahren, die hinter ihm lagen, alles Leid ersparen wollte, was vor ihm lag. Er wollte nicht mehr retten, weder sich selbst noch andere. Wozu auch? Es führte zu nichts. *Das* war seine Botschaft aus der Zukunft.

Insofern hatte er Philip – bittere Ironie des Schicksals – vielleicht doch beschützt: vor Ernüchterung und Verzweiflung, die nur eines bereithielt: die Dunkelheit des Todes.

Resigniert ließ Philip seinen Kopf in den Schnee sinken. Seine Augenlider flackerten. Durch die Blitze tauchte ein Gesicht vor ihm auf. Lacie. Er tobte. Die Narbenkrater bebten wie Vulkane, die kurz vor dem Ausbruch standen. Offenbar ging ihm auf, wie groß der Fehler war, den er begangen hatte. Er schüttelte Philip am Revers seiner Jacke, ohne Rücksicht darauf, dass das Blut seinen teuren Zwirn befleckte. »Wo ist das *Achat* verborgen?« Speichel regnete aus seinem Mund. »Sagen Sie es mir.«

»Er wird es Ihnen nicht sagen«, erklärte der andere.

»Hören Sie auf«, sagte eine Stimme, seltsam vertraut.

»Er wird sterben«, wiederholte der andere.

»Wer hat Sie gefragt? Verschwinden Sie!«, schnauzte Lacie. Er war ganz nahe vor Philips Gesicht. »Sagen Sie es mir! Jetzt! Wo ist das *Achat*?«

Abermals drangen dumpfe Schritte an Philips Ohr. Der Bundesgrenzschutz stürmte heran.

Wie zur Bestätigung ließ Lacie von Philip ab. Dessen

Kopf fiel unsanft auf den gefrorenen Boden zurück. Noch mehr Schmerzen.

»Stehen bleiben!«, brüllte ein Mann. Es war der Sicherheitsbeamte aus dem Terminal.

Eine andere Stimme rief nach einem Arzt.

Philip schloss die Augen. Dunkelheit. Die Schmerzen schwanden. Nicht aber Verzweiflung und Wut. Er wusste nicht, ob er weinen sollte oder sich freuen. Was ihn mehr schmerzte als sein nahendes Ende, war, dass er sich um seine Entscheidung betrogen fühlte. Schließlich ging es um *sein* Leben. Wie konnte der andere bestimmen, ob er weiterleben wollte oder nicht? Dabei war die Antwort so einfach: Er *konnte* es. Denn er war Philip. Und Philip war er.

Eine Stimme geisterte zu ihm heran. Zuerst noch von weit entfernt, als stehe ihr Urheber jenseits dieser Welt. Philip zitterte. Sein Körper bebte, begehrte auf gegen das Unvermeidliche. Die Stimme war nahe an seinem Ohr.

»Philip«, sagte sie, warm und vertraut.

Chris!, dachte er und öffnete die Augen.

Philip erblickte das Gesicht einer jungen Frau. Es war nicht Chris. Grenzenlose Enttäuschung schwappte über ihn hinweg. Zu gerne hätte er noch einmal mit ihr gesprochen, ihr endlich alles erklärt. Seine Augen füllten sich mit Tränen. Er wollte nicht weinen. Er konnte es nicht verhindern.

Sie wischte die Feuchtigkeit aus seinen Augenwinkeln. Wieder blickte er in ihr Gesicht. Große Augen. Weiche Züge. Ein geschwungener Mund. Ein vertrauter Anblick. Als schaute er in einen Spiegel.

Der Traum rückte in sein schwächer werdendes Bewusstsein, jene Vision aus dem *Irgendwo*. Jetzt fiel ihm ein, was er die ganze Zeit vergessen hatte.

»Du bist ...«

»Ich bin Beatrice«, sagte sie. Ein englischer Akzent mischte sich in ihr Deutsch.

»Die Erstgeborene«, sagte der andere. Er stand neben ihnen. Philip musterte ihn erstaunt. Beatrice nickte.

»Was soll das heißen?«, presste Philip hervor. Das Reden fiel ihm immer schwerer.

»Dass du es nicht bist.«

Philip überlegte. Auch das bereitete ihm Mühe. »Aber was ist mit meinen ...«

Beatrice schien seine Anstrengungen zu spüren, barg seinen Kopf zwischen ihren warmen Händen. Sie streichelte seine Stirn, legte dann zwei Finger an seine Lippen. »Sprich nicht.«

Kommissar Bergers Kopf tauchte auf. Unter seiner Nase zwirbelte sich sein Schnauzbart in beide Richtungen. Die Enden waren zu Eis gefroren. Er lächelte grimmig. »Halten Sie durch.« Er drehte sich weg. »Wo bleibt der verdammte Arzt?«

Ein Mann in Uniform sprach in sein Walkie-Talkie. »Wo bleibt der Arzt? Einen Arzt zum Flugfeld 3.«

Weitere Beamte umringten die Leiche des Priesters. Am Ende seines Lebens hatte Kahlscheuer doch noch zurück zum Glauben gefunden. Aber was war das für ein Glaube gewesen? Einer, für den er Philips Tod in Kauf genommen hatte. Andere Beamte führten Lacie ab. Handschellen umschlossen seine Gelenke. Er würde hoffentlich nie wieder morden, im Auftrag des Vatikans. Er fand seine gerechte Strafe. Wenigstens das.

Philip schnaufte schwer. Er sah Beatrice an. »Du bist meine Schwester.« Seine Stimme zitterte. Inzwischen focht er keinen Kampf mehr gegen die skrupellosen Mörder, nur noch gegen die Zeit, die zu schnell verrann. Viel zu schnell, um den letzten Rest der Wahrheit zu erfahren. Beatrice streichelte ihm die Stirn.

»Gehen Sie zur Seite!«, forderte jemand.

Beatrice wehrte ab. »Lassen Sie uns. Nur einen Augenblick.«

Es war der andere, der erklärte: »Beatrice ist deine Zwillingsschwester, die Erstgeborene, wenn auch nur wenige Sekunden vor dir.«

»Ich verstehe nicht.«

»Niemand hat es verstanden. Denn so etwas hat es in der Familie noch nie zuvor gegeben. Als man erkannte, dass ich, du, Philip, derjenige mit den Fähigkeiten bist, war es bereits zu spät: Unsere Familie hatte die vermeintliche Erstgeborene mit dem Achat fortgebracht, an einem sicheren Ort versteckt. So wie sie es immer taten.«

»Wer wusste davon?«

»Nur wenige ...«

»Vater?«

»Nein, Michael erfuhr nichts davon. Er hat geglaubt, seine Frau habe nur einen Sohn zur Welt gebracht.«

Philip senkte die Lider. Die Kräfte schwanden, doch er wollte nicht gehen. Noch nicht. »Was wusste er?«, brachte er mühsam hervor.

»Am Anfang, als er Mutter kennenlernte, wusste er gar nichts. Und viel mehr hat er auch dann nicht erfahren, als er in die Familie einheiratete. Es war zu seinem eigenen Schutz.«

Philips Magen explodierte. Der Schmerz durchströmte wie ein Stromstoß seinen Körper. Er würgte Blut aus seiner Kehle. Er war kaum zu verstehen, als er sagte: »Und zum Schutz der Erstgeborenen, richtig?«

Der andere lächelte, ging nicht weiter darauf ein. »Durch einen dummen Zufall – jener dumme Zufall, der dazu führte, dass Großvater entführt wurde – wenige Jahre nach deiner, meiner Geburt, Philip, erfuhr Vater davon. Erst wollte er es nicht glauben, dann konnte er nicht damit umgehen. Es hat ihn überfordert.«

Philip konnte es ihm nicht verdenken. Aber er nahm ihm übel, wie er seinem eigenen Sohn begegnet war. Als hätte der die Schuld daran getragen. *Du bist schuld!* Er am allerwenigsten.

»Vater erfuhr, welches Wissen seine Familie barg. Und dass man ihn belogen und betrogen hatte. Aus der Verzweiflung wurde Wut.«

»Er brachte ...« Philip hustete. Ein weiterer Schwall Blut schwappte über seine Lippen, rann die Wangen hinab. »Er brachte euch um ... Mutter ... dich ...«

»Ritz hat das vereitelt.« Philip sah Beatrice an. Ihre kurzen Haare. Er hob seine Hand, streichelte ihr Gesicht, hinterließ eine rote blutige Spur. Eine Träne sickerte über ihre Wange, vermischte sich mit dem Blut. Er rang nach Atem, doch die Luft entzog sich ihm. Kälte kroch in seinen Körper. Sie war heftiger als alles, was der Jahrhundertwinter ihm bisher angetan hatte. Er wusste, was das bedeutete. Er wollte nicht sterben. Dennoch war es sein Wille. Es klang so absurd.

Der Nebel klarte sich auf. Die Sonne brach durch die Wolken. Gestalten näherten sich. Philip erkannte sie auf Anhieb. Schließlich war es noch gar nicht lange her, dass er ihnen begegnet war. Nun kamen sie erneut hervor, aber nicht mehr, um seine Hilfe zu erbitten. Diesmal nahmen sie ihn in ihre Reihen auf.

Mit einer letzten Anstrengung drehte er den Kopf zur Seite. Der andere war verschwunden. Natürlich. Er *konnte* nicht mehr da sein. Weil es ihn nicht mehr gab.

Eine Stimme waberte durch den Nebel an sein Ohr. »Gehen Sie beiseite!« Beatrice wurde ihm entrissen, so wie sein Leben. »Lassen Sie den Doktor durch.«

Doch Philip wusste, der Arzt würde ihm nicht mehr helfen können. Denn er sah die Gestalten, die ihn jetzt umringten. Frauen, Männer, Kinder. So viele. Hunderte. Tausende. Sie reichten ihm die Hände. Jetzt gehörte er zu ihnen.

Cato nieste.

»Gesundheit«, wünschte eine ältere Dame neben ihm, die wie er von den Menschenmassen ins Terminal geschoben wurde. Vor wenigen Minuten hatten die Sicherheitsbeamten das Flughafengebäude wieder freigegeben.

Cato dankte und schnäuzte sich in sein Taschentuch. Eine Hand stupste ihn verlegen am Ellbogen. Als er zur Seite sah, reichte ihm die Frau ein Papiertaschentuch. »Nehmen Sie, Herr Pfarrer, das ist besser«, lächelte sie unter ihrem grauen Haar hervor, das sie zu einem ansprechenden Zopf gebunden hatte. Sie wies auf den fleckigen Streifen Stoff, den er zwischen den Fingern hielt.

Er verzichtete auf den Hinweis, dass er kein Pfarrer war, sondern ein Pater. Das spielte keine Rolle mehr. »Danke«, sagte er nur, schmiss den Stofffetzen in einen der Papierkörbe. Dann wischte er sich die wunde Nase. Er hustete.

»Hat Sie ganz schön erwischt«, stellte die Frau mitleidig fest und kramte abermals in ihrer Handtasche.

»Ja«, entgegnete er heiser.

»Hier.« Jetzt drückte sie ihm ein Lutschbonbon in die Hand, mit Eukalyptus, extra scharf. Er rollte es aus der Folie und schob es zwischen die Lippen. Er dachte daran, wie er dem kleinen Bertie auf dem Flug nach Berlin verschwörerisch einen Kaugummi zugesteckt hatte. Er musste lächeln.

Auch die alte Dame zeigte ein freundliches Gesicht. »Ganz schönes Mistwetter. Und dann noch die Verspätungen. Haben Sie das auch mitbekommen?« Sie deutete mit ihrer faltigen Hand aus dem Fenster. Ihre Fingernägel waren weinrot lackiert. »Auf dem Flugfeld?«

Er schaute nicht nach draußen. »Nein, was war denn da?«

Die Frau zupfte an ihrem Brillengestell. »Das habe ich

nicht so genau erkennen können. Meine Augen sind nicht mehr die jüngsten. Aber da haben Sie einen Attentäter erwischt. Jemand sagte, Sicherheitsbeamte hätten ihn vorher schon hier im Terminal verhaften wollen, aber da konnte er angeblich flüchten.«

»Aha«, sagte Cato. Die Schmerzen in seiner Brust ließen nach. Das Hustenbonbon begann bereits zu wirken.

»Nicht auszudenken, was passiert wäre, wenn er hier drinnen ...« Sie schlug sich die Hand vor den Mund. Sie schüttelte schaudernd den Kopf, und ihr grauer Zopf wackelte. Sie schien den Gedanken nicht weiter verfolgen zu wollen und wechselte abrupt das Thema: »Und wohin führt Sie Ihre Reise, Herr Pfarrer?«

Cato hatte keine Ahnung, was sein Ziel war. Er wusste nur, das Rom ganz bestimmt nicht in die nähere Auswahl kam. Er würde nie wieder einen Fuß in die italienische Hauptstadt setzen.

Ihm kam Trujiollo in den Sinn. Nein, in dem kleinen Dörfchen in der Einöde Brasiliens konnte er zwar keine Zuflucht suchen, dort würde man ihn ganz bestimmt wiedererkennen. Aber die Erinnerung an die Abgeschiedenheit und Ruhe, mit der die Menschen dort lebten, erzeugte ein behagliches Gefühl. Genau das Richtige für einen alten Mann wie ihn.

»Nach Brasilien«, erklärte er, und es kam ihm wie die beste Entscheidung seines Lebens vor.

»Da war ich noch nie«, sagte die Seniorin versonnen. »Fliegen Sie ...«, sie warf einen verstohlenen Blick auf seine Soutane, »... beruflich?«

»Nein.« Er atmete durch. »Privat.« Das Wort kam ihm seltsam fremd vor. Aber er würde viel Zeit haben, sich daran zu gewöhnen.

»Dann wünsche ich Ihnen einen guten Flug«, sagte die Frau.

»Ich Ihnen auch«, antwortete er und meinte es ehrlich. Er war müde und erschöpft, ausgelaugt und krank. Aber bei dem Gedanken an einen warmen Tag irgendwo auf dem Land, in einem kleinen Haus mit einem kleinen Garten, überkam ihn Euphorie.

Über das Geld für ein Ticket nach Brasilien verfügte er. All die Jahre im Auftrag des Offiziums hatte er einiges von den Spesen, die er verrechnete, beiseitelegen können. Nicht dass er jemals einen Moment wie diesen hatte befürchten müssen. Er hatte es einfach gemacht.

Er schritt die lange Reihe der Schalter ab. Keine der Fluglinien steuerte Brasilien an. Ein Flug nach Südamerika, über Miami, ging nur vom Flughafen Frankfurt am Main aus. Also suchte er nach einem Last-Minute-Flug nach Frankfurt. Bei *Germanwings* wurde er schließlich fündig. Er bezahlte mit Visa-Karte.

Als er einchecken wollte, fragte die Verkäuferin erstaunt: »Haben Sie kein Gepäck?«

»Nein!«, antwortete er und durchschritt die Sicherheitskontrolle.

Als er in der Wartehalle ans Fenster trat, sah er einen Leichenwagen auf dem Flugfeld. Mit unbewegter Miene wandte er sich ab, griff zu einer der Zeitungen, die auf den kleinen Tischen verstreut lagen. Sie waren zwar nicht aktuell, aber sie lenkten ab von seinen Gedanken und der Grippe, die sein Körper ausbrütete.

Irgendwann – er war eingeschlafen – gab eine helle Stimme durch einen Lautsprecher bekannt, dass die Flugfelder vom Schnee geräumt seien und die ersten Maschinen starteten. Catos Kopf fieberte, und der Schweiß war ihm unter der Soutane ausgebrochen. Er ging auf die Toilette, machte sich am Waschbecken ein bisschen frisch, indem er sich Wasser ins Gesicht schöpfte.

Danach stellte er sich in die Schlange, die am Flugsteig

zum Flieger anstand. Nachdem er das Flugzeug betreten hatte, setzte er sich weit nach hinten. Er schwitzte bereits wieder unter seiner Soutane. Sein Kopf fühlte sich an, wie unter einer dicken Glocke gefangen. Hoffentlich blieb er von einer Lungenentzündung verschont.

Er lehnte sich in seinem Sessel zurück und beobachtete ein junges Paar mit zwei Kindern. Wie glücklich sie waren. Vielleicht blieb ihm für die letzten paar Jahre auch noch ein wenig Zeit, das Glück dieser Welt zu genießen. Er blickte nach draußen. Der Himmel klarte auf. Die Sonne glitzerte im Schnee jenseits der Startbahnen. Es war noch eine Weile bis zum Frühling, aber jetzt war sich Cato gewiss, er würde kommen. Irgendwann würden alle Blumen wieder blühen.

Durch das Flugzeug ging ein Ruck. Es rollte in Startposition. Die Stewardessen gaben ihre Anweisungen zur Sicherheit, wenig später begrüßte der Pilot seine Fluggäste. Cato schnäuzte in das Taschentuch der alten Dame, da spürte er, wie die Maschine sich in Bewegung setzte. Rasend schnell beschleunigte sie. Ein grober Stoß ging durch das Flugzeug, es erhob sich vom Asphalt der Startbahn. Cato spürte jene Leichtigkeit, die ihn immer erfasste, wenn er flog. Für ein paar Sekunden spürte er die Grippe nicht mehr; ihm war, als ließe er sie in Berlin zurück.

Er blickte aus dem Bullauge. Die Welt entfernte sich unter ihnen. Etwas rappelte über seinem Kopf. Jemand hatte das Handgepäck nicht richtig verstaut. Er schloss die Augen. Er würde wieder eine Weile schlafen. Er war gerade eingenickt, da brachte ein lauter Knall sein Trommelfell zum Platzen. Erschrocken riss er die Augen auf. Doch die Flammen, die erst seine Haut, dann seinen ganzen Körper versengten, sah er schon nicht mehr.

Montag

Berliner Kurier, Montag, 8. Dezember 2003

TERROR-ANSCHLAG AUF FLUGZEUG! ALLE INSASSEN TOT!

96 Tote – das ist die grausige Bilanz der gestrigen Katastrophe am Berliner Flughafen Schönefeld. Eine Maschine der Fluglinie Germanwings explodierte wenige Minuten nach dem Start.

Ein Sprecher der Untersuchungskommission bestätigte inzwischen, dass es sich bei dem Unglück zweifelsfrei um ein Attentat handelt. Der Absturz sei von einem »Sprengsatz in den Frachträumen« ausgelöst worden, zitiert die Nachrichtenagentur dpa den Leiter der Kommission.

Wer hinter dem Terrorakt steckt, ist allerdings noch nicht geklärt. Bisher gibt es auch keinerlei Kenntnis über ein Bekennerschreiben. Somit herrscht auch noch Ungewissheit über die Gründe für das Attentat.

Gegenwärtig konzentrieren sich die Ermittler auf die Frage, wie der Sprengstoff vorbei an den Sicherheitskontrollen an Bord gelangen konnte.

Epilog

Einige Jahre später, im Juni. Ein prächtiger Sommermonat. Ein paar Wolken schoben sich vor die Sonne, zogen langsam vorbei. Kurz darauf kam die Sonne wieder zum Vorschein, schickte ihre wärmenden Strahlen hinab auf die Erde.

Trotzdem zog die junge Frau, die auf der Parkbank saß, den Aufschlag ihrer Jacke bis ans Kinn. Es war kalt geworden, noch viel kälter als im Juni des letzten Jahres. Sie wandte sich dem Spielplatz zu, der ein paar Meter weiter lag. Sie hielt Ausschau nach ihrem Sohn, der mit seinen Freunden im Sandkasten spielte. Die Sonnenstrahlen ließen den Schnee verführerisch glitzern. Die Frau rief: »David, zieh bitte wieder deine Handschuhe an!«

Er winkte ihr. »Ja! Gleich!« Und seinem Freund erklärte er: »Das ist meine Mama.«

»Wie heißt sie denn?«

»Chris!«

Chris dachte: *Handschuhe im Sommer.* Irgendwie war alles durcheinandergeraten. *Schnee im Juni!* Wer hätte das gedacht?

Auf der Straße hinter ihr ratterte ein Militärjeep über den Asphalt. Ein Trupp Soldaten zog in schwerer Kampfausrüstung an dem Spielplatz vorbei.

David und die anderen Kinder beachteten sie nicht. Sie hatten sich längst an den Anblick gewöhnt. Seit den fürchterlichen Anschlägen auf den Potsdamer Platz in Berlin, das Frankfurter Bankenviertel und die AOL-Arena in München, bei denen Hunderte Menschen aus bis heute unbekannten Gründen gestorben waren, waren Sicherheitskräfte im Stadtbild allgegenwärtig. Die Welt geriet aus den Fugen.

Eine Frau trat zu den Kindern, ging vor David in die

Hocke. Der Junge unterbrach das Schneeschaufeln und schaute den Neuankömmling unter seinem wirren Haarschopf hervor an. Zu einem anderen Zeitpunkt hätte Chris den Anblick als süß empfunden. Jetzt stockte ihr das Herz.

Die Frau war drauf und dran, ihrem Sohn etwas zu geben. »He, Sie da!«, rief Chris.

Sicherheitskräfte, die vorbeipatrouillierten, blickten argwöhnisch zu ihnen herüber. Die junge Frau hielt inne.

Chris war aufgesprungen, stand jetzt neben der Frau. »Was machen Sie da?«

»Das ist ein Geschenk ...«

»Von wem?«

»Von seinem Vater.« Die Frau zögerte. »Von meinem Bruder. Philip.«

Chris erstarrte. Einer der Soldaten näherte sich. »Ist alles in Ordnung?«

»Ja, ja«, sagte Chris irritiert.

»Sind Sie sich sicher?«

»Danke, ja.«

Der Soldat trabte davon. Chris betrachtete die Frau. Tatsächlich war sie Philip ähnlich. Mehr als das, sie war ihm – unglaublich – wie aus dem Gesicht geschnitten. »Ich wusste nicht, dass er eine Schwester hatte.«

»Er hat es selbst nicht gewusst.«

Chris schüttelte den Kopf. Fünf Jahre nach jenem Tag, an dem man ihr mitgeteilt hatte, Philip sei am Flughafen Schönefeld erstochen worden, wollte sie sich nur noch auf David und dessen Zukunft konzentrieren. Jetzt holte sie die Vergangenheit so plötzlich wieder ein. Ein weiterer Jeep ratterte über den verschneiten Beton. Eigentlich war die Vergangenheit allgegenwärtig.

»Ich heiße Beatrice«, sagte die Frau.

»Also, Beatrice, was wollen Sie meinem Sohn geben?«

Beatrice zeigte ihr ein Schmuckstück. Es sah wie eine

riesige Brosche aus. Eine Rose. »Das ist sehr schön«, sagte Chris. »Aber was ist das?«

»Ein Andenken an seinen Vater.«

»Und was soll David damit?«

Beatrice gab dem Jungen die Rose. David griff danach. »Cool!«, sagte er und fuchtelte wie mit einem Schwert damit herum.

Beatrice sagte: »Sie sollten gut darauf aufpassen. Eines Tages wird er es brauchen.«

Chris ging vor ihrem Sohn in die Hocke. »David, gib es der Mama.«

Er händigte ihr das Schmuckstück aus. Chris betrachtete es. Es war mehr als eine kunstvoll gearbeitete Rose, das spürte sie. Aber was war es dann?

Sie schaute zu Philips Schwester auf, doch Beatrice war verschwunden. Sie stand bereits auf der anderen Straßenseite. Sie winkte noch einmal. Dann fuhr ein Militärtransporter an ihr vorbei, und sie war verschwunden.

Interview
mit dem Autor MARCEL FEIGE

***Tattoos and Scars are everything that's left* – so der Titel eines Songs. Tattoos haben Sie viele, Scars – auf dem Körper und der Seele – auch?**
Marcel Feige: Nein, nicht wirklich. Nur viel Spaß gehabt und Erfahrung gesammelt in den diversen Subkulturen.

Verarbeiten Sie in Ihren Romanen eigene Erlebnisse, Gefühle und Erinnerungen – sind Ihre Romane für Sie quasi auch eine Psychotherapie?
Marcel Feige: (lacht) Ich bin Schriftsteller, und als solcher habe ich grundsätzlich erst einmal nur sehr viel Spaß am Geschichtenerzählen. Dass diese Geschichten mitunter eigene Erlebnisse, Gefühle und Erinnerungen enthalten, bleibt nicht aus, vor allem, wenn ich diese Geschichten in ein Umfeld platziere, dass meinen eigenen Interessenfeldern entspricht.

Drogen spielen in Ihrem Roman eine wichtige Rolle. Wie stehen Sie selbst zu dem Thema Drogenkonsum?
Marcel Feige: Ist Alkohol auch eine Droge? Okay, dann passiert es schon mal, dass ich wie Philip, die Hauptfigur meiner Trilogie, in einem Techno-Club in Berlin abstürze. Eine gute Party bringt das manchmal so mit sich, wer kennt das nicht? Andere Drogen habe ich allerdings noch nicht probiert.

Wie viel von Ihnen selbst steckt in Philip, der Hauptfigur Ihrer Trilogie?
Marcel Feige: Bis auf die Tatsache, dass Philip wie ich die Berliner Techno-Szene sehr gut kennt, nicht sehr viel. Okay, er ist Fotograf bei einem Boulevardblatt, und auch ich habe meine ersten Sporen als Journalist verdient. Aber das war's im Prinzip schon.

In Band 1 schreiben Sie: »In Berlin gibt es nur Durchgeknallte und Verrückte ... Ich sage euch, 90 Prozent der Berliner sind

schwul oder lesbisch, und die restlichen zehn Prozent kommen mit ihrem Leben nicht klar.« Ist das eine Tatbestandsbeschreibung der Bevölkerung unserer Hauptstadt und seiner Politiker, oder ...

Marcel Feige: ... nur eine überspitzte Behauptung einer fiktiven Figur im Roman? Das darf jeder Leser selbst entscheiden, zumindest was die Bevölkerung betrifft. Die Politiker? Nun ja, das ist ein Thema für sich ...

Ein weiteres Zitat aus dem Buch: »Du denkst nicht gerne an den Tod.« Haben Sie sich, vielleicht auch gerade zur Recherche für diesen Roman, mit dem Thema Tod intensiv beschäftigt, oder ist das eines der großen, vielleicht das größte Tabuthema unserer Zeit, auch für Sie ein unangenehmes Thema, mit dem man sich besser nicht abgibt?

Marcel Feige: Dass die Menschen sich nicht gerne mit dem Tod beschäftigen, ist bekannt. In der Horrorliteratur ist der Tod allerdings schon immer ein Thema gewesen. Vielen bekannten Romanen liegt das Credo zugrunde: »Wir alle müssen irgendwann sterben.«

Ich selbst habe mich eine Zeit lang mit dem Tod beschäftigt. Ich habe als Chefredakteur das VDT-Journal betreut, ein Magazin, dass sich auf kultureller, gesellschaftlicher, historischer Ebene mit dem Tod und dem Umgang der Menschen mit dem Tod auseinandersetzte. Das war eine sehr interessante Zeit und Erfahrung, die heute bisweilen auch in meine schriftstellerische Arbeit einfließt.

In Band 1, »Ruf der Toten«, sagen Sie: »Ich habe die Kraft und die Leidenschaft, die verlogene Poesie bürgerlicher Wunschvorstellungen zu zerstören und sie zu ersetzen durch etwas, das ehrlicher ist, obszön und vulgär.« Wollen Sie das um sich greifende Spießertum entlarven?

Marcel Feige: Ich weiß nicht, ob das Spießertum um sich greift. Und wenn, ist es meine Aufgabe, es zu entlarven? Jeder soll so leben, wie er es für sich als richtig empfindet. Ich habe mich vor langer Zeit entschlossen, einen Weg jenseits dessen zu wählen, was gemeinhin als bürgerlich oder traditionsbewusst

bekannt ist: Tattoos, Piercings, abgefahrene Technoclubs von abends 11 Uhr bis zum nächsten Morgen um 10 Uhr, dazu schreibe ich Bücher über Themen, die für viele nichts mit Bürgerlichkeit zu tun haben: Prostitution, SM.
Aber das ist mein persönliches Ding. Ich will niemanden davon überzeugen oder gar etwas entlarven.

Wo und wie haben Sie für den ersten Band recherchiert?
Marcel Feige: Für »Ruf der Toten« habe ich eigentlich nicht sehr viel recherchieren müssen. Wie ich schon sagte, ich habe die Geschichte in ein Umfeld gebettet, das meinem eigenen sehr ähnlich ist. Alles das, worüber ich geschrieben habe, kannte ich also quasi aus dem Effeff ...

Während Inferno 1 fast ganz im Zeichen des großstädtischen Molochs Berlin stand, nimmt die Metropole im zweiten Band eine eher untergeordnete Rolle ein. War das für Sie ein anderes Arbeiten, als wenn Sie quasi über Ihre Stadt, die Sie in- und auswendig kennen, schreiben?
Marcel Feige: Natürlich ist es leichter, wenn man – wie ich über Berlin – über eine Stadt schreibt, die man in- und auswendig kennt.
Aber seit Karl May wissen wir ja, dass es durchaus möglich ist, eine Stadt oder ein Land anschaulich zu beschreiben, ohne diese jemals mit eigenen Füßen betreten zu haben.

London, eine der Britischen Inseln und Rom sind ja ganz andere Handlungsorte als Berlin. Wie haben Sie recherchiert – haben Sie die beiden Hauptstädte besucht?
Marcel Feige: Ich war bereits mehrfach in London, hatte vor einigen Jahren sogar mal vor, meinen Wohnsitz komplett dorthin zu verlegen. Damals habe ich einige Zeit in der britischen Metropole verbracht. Insofern ist sie mir nicht mehr ganz so fremd.
Was die Britischen Inseln und Rom betrifft, sie habe ich tatsächlich nicht besuchen können, leider. Insofern war eine Menge Recherche vonnöten.

Mit der verstärkten Wandelung des Handlungsortes ging auch eine Verschiebung von Ihrem Protagonisten Philip zu der in England beheimateten Beatrice einher. Nun ist diese sowohl von ihrem Charakter als auch ihrer ganzen Anlage her ein ganz anderer Typ als Philip. Sie ist braver, introvertierter, nicht der aufsässige Rebell. Hier mussten Sie beim Schreiben sich sicherlich umgewöhnen, neue Schwerpunkte setzen?
Marcel Feige: Nicht wirklich. Beatrice wurde bereits in Band 1 sehr ausführlich vorgestellt, sie war mir und dem Leser also nicht fremd. Außerdem hat es in meinen Augen keine Verschiebung gegeben, sondern eher ein Aufschluss ...
Beatrice und Philip stehen – was ihre Funktion als Protagonisten betrifft – in Band 2 ebenbürtig nebeneinander.

Wer stand für Beatrice Pate? Repräsentiert sie vielleicht Ihre weibliche Seite, wie die Psychologen sagen?
Marcel Feige: (lacht laut) Netter Versuch einer Interpretation. Aber diese Fragen sollten tatsächlich Psychologen beantworten, wenn sie sich näher mit der »Inferno«-Trilogie auseinandersetzen. So sie es denn tun ...

Inwieweit wussten Sie die Handlung vor Beginn der Reihe? War alles durchgeplant, oder lassen Sie sich von Ihrer Handlung mitreißen?
Marcel Feige: Es kommt durchaus vor, dass ich mich von meiner Handlung mitreißen lasse. Aber das passiert eher selten.
Ich bin ein Ordnungsfanatiker vor dem Herrn und mag es gar nicht, im Verlauf einer Geschichte unvermittelt vor Handlungslöchern oder gar logischen Fehlern zu stehen.
Bevor ich daher eine Geschichte beginne, entwickle ich die einzelnen Handlungsebenen von Anfang bis Ende durch. Was nicht heißen soll, dass ich beim Schreiben dann nicht doch gelegentlich von meinem Konzept abweiche, aber ... wie gesagt, das geschieht eher selten, weil die Vorarbeit recht komplett und ausführlich ist.

Seit Dan Browns »Sakrileg« sind Thriller im Umfeld der katholischen Kirche ja angesagt. Haben Sie diesen Handlungsstrang

ganz bewusst mit eingewoben, um Ihre Trilogie an den Zug anzuhängen, oder lag das Manuskript bzw. die Idee schon zeitlich vor dem Überraschungserfolg Browns vor?
Marcel Feige: Die Idee zur »Inferno«-Trilogie entstand schon, bevor Brown so erfolgreich wurde. Aber ich gebe zu, es war für »Inferno« von Vorteil und sorgte dafür, dass ich den kirchlichen Aspekt später ein bisschen akzentuierter in die Geschichte einfügte, als es ursprünglich geplant war ...

Sie haben Bücher über Tätowierungen, über Piercing, Techno und das Milieu geschrieben – alles Versatzstücke, die auch in Ihrem Roman eine gewichtige Rolle spielen. Aber auch die katholische Kirche nimmt einen gewissen Platz im Roman ein – auch in Ihrem Leben?
Marcel Feige: Ich bin im Alter von 18 Jahren aus der Kirche ausgetreten – noch so eine Entscheidung gegen die Tradition und Bürgerlichkeit unserer Gesellschaft.
Im Übrigen bin ich in Kevelaer aufgewachsen, einem großen Wallfahrtsort am Niederrhein. Ich habe dort lange Jahre als Journalist gearbeitet und dabei einen tiefen Einblick in die Kommerzialität erhalten, mit dem der »Glaube« vermarktet wird, und in die Scheinheiligkeit, mit der die Leute »glauben« ...

Man merkt dem Roman an, dass viel Herzblut, viel Leidenschaft hineingeflossen ist. Sie zeichnen das Bild einer dekadenten Gesellschaft, in der Außenseiter, Menschen, die anders als der Durchschnitt aussehen mit Argwohn betrachtet, ja, ausgegrenzt werden. Fühlen Sie sich ausgegrenzt?
Marcel Feige: Nein, ich fühle mich überhaupt nicht ausgegrenzt. Im Gegenteil: Ich empfinde mich seit vielen Jahren als ein Teil der Techno-Szene sowie der Tattoo- & Piercing-Szene und suche darüber hinaus immer die Nähe zu Menschen, die ihre Lebensentwürfe – ich sage mal – »extremer« gestalten (Stichwort Prostitution, Milieu, SM). Mag sein, dass da der eine oder andere nur den Kopf schüttelt und nichts mit mir zu tun haben möchte. Aber dem kann ich nicht helfen.

Ihre Handlung spielt auch in Berlin. Das Bild der Metropole, in der Sie selbst leben, erscheint mir als Leser ein wenig ambivalent. Eine Art Hassliebe – stimmt das?
Marcel Feige: Nicht wirklich. Berlin ist eine faszinierende Stadt, vielleicht die einzige Großstadt, die wir in Deutschland haben – neben Hamburg vielleicht ... In Berlin gibt es alles und noch viel mehr. Vieles von dem, was anderswo längst »ausgestorben« ist: Hippies, Punks, Rocker, Technos; hier trifft sich die Filmbranche, die Musikbranche, Berlin ist politische Hauptstadt, außerdem die einzige Stadt, die keinen Sperrbezirk hat; es besitzt unzählige Programmkinos, einen Haufen In-Viertel mit Massen von schnuckeligen Bars und Kneipen (mit unglaublich leckeren Cocktails) und direkt daneben riesige Grünanlagen mit Parks und Wäldern (mitten in der Stadt!), in denen ich stundenlang mit meinem Hund Gassi gehen kann. Ich möchte gegenwärtig gar nicht woanders leben.

Werkstattbericht

Wie es zu INFERNO kam ...

Schreiben, Lesen und die Musik – diese drei Komponenten genießen einen sehr hohen Stellenwert in meinem Leben. Es verbindet sie – wie ich finde – sehr viel miteinander: Hat man sich einmal in ihnen verloren, ist es schwer, wieder rauszukommen.

Zugegeben, ich war schon immer skeptisch, was das Schreiben übers Schreiben betrifft. In meinen Bücherregalen, die meinen Arbeitsplatz in Berlin umgeben, findet sich ein Regal, in dem ausschließlich Bücher übers Schreiben stehen. Titel wie *Kreativ schreiben*, *Wie ich einen verdammt guten Roman schreibe*, *Von Beruf Schriftsteller* und *Handbuch für AutorInnen*. Ich habe keines davon gelesen.

Theorie ödet mich an. Ich schreibe, seit ich die Buchstaben A und B auseinanderhalten kann. Als ich 15 Jahre alt wurde, begann ich für lokale Zeitungen zu schreiben. Die Redakteure dort waren mir gute Lehrmeister. Später, während meines Volontariats bei verschiedenen Tageszeitungen, waren es strenge Redaktionsleiter und Chefredakteure, die mehr als einmal den Rotstift ansetzten, um meinen Blick auf das Wesentliche zu schärfen. Also schärfte ich meinen Blick. »Learning by Doing« war einer meiner zentralen Leitsätze.

Ein guter Freund von mir besuchte währenddessen die Journalistenschule und studierte dort das Fach Journalismus. Er klagte wiederholt über die blanke Theorie, die dort gepaukt werden müsse und so gar nichts mit dem Journalismus zu tun habe. Ich stand derweil im Alltag meinen Mann, als Redaktionsleiter für ein Musik-Fanzine. Es folgte die Position als Chefredakteur eines Musikmagazins, eines Kulturmagazins, dann eines Stadtmagazins in Süddeutschland. Mehr als einmal sprang ich dabei ins kalte Wasser. Aber ich lernte dadurch. Immer wieder ein Stückchen mehr.

Ähnlich gestaltete sich dies mit der Schriftstellerei. Ich schrieb Geschichte über Geschichte, zerriss das Geschriebene wieder, ließ es von anderen zerreißen. Nebenher las ich sehr viele Romane anderer Autoren. Ich »studierte« ihre Art zu schreiben, merkte mir die Form, mit der sie ihren Plot gestalteten, setzte mich vor allem aber damit auseinander, wie sie Spannung erzeugten. Und so schrieb ich dann wieder selbst. Zugegeben, anfangs kopierte ich. Doch mit der Zeit entwickelte ich meinen eigenen Stil.

Mein eigener Stil hat, finde ich, sehr viel mit meiner Umgebung zu tun. Ich bin ein Stadtmensch. Urban. Sehr den Subkulturen verbunden. Undergroundig, sozusagen. In meinem Stil drückt sich das Leben in der Großstadt aus. In meinen Geschichten sowieso.
In meinen Geschichten hat das Setting eine große Bedeutung, also die Lokalität, in oder an der sich die Geschichte ereignet. Ich mag es nicht, die Handlung an einen Ort zu verlegen, an dem ich nicht gewesen bin. Eine Geschichte verlangt an sich schon sehr viel Fantasie – obschon ich ebenso viel wahres Leben in einen Roman packe, aber am Ende bleibt es Fiktion, oder nicht? Die Antwort soll jeder Leser für sich selbst herausfinden.

Kurzum: Ich mag es, Geschichten zu schreiben, in denen man, der Leser, sich wiederfindet. Fast jeder war schon mal in Berlin: Alexanderplatz. Leipziger Straße. Potsdamer Platz. Bundesrat. Bundestag. Kudamm. Bahnhof Zoo. Wer noch nicht in Berlin war, hat zumindest schon mal Bilder der Stadt gesehen. Oder einen TV-Beitrag. Ich lebe selbst in Berlin. Berlin ist eine Großstadt, vielleicht die einzige, die wir in Deutschland haben. Ein einziges Multikulti, Subkulturen, Lifestyle, Szene, Trends, Mode, Musik – hier geht einiges. Das ideale Umfeld für mich. Der ideale Ort für einen Roman aus meiner Feder. Die beste Location für einen Thriller.
Ich frage mich also: Warum eine Geschichte, auch wenn sie fantastischen Inhalts ist, nach New York, San Francisco oder von mir aus auch Castle Rock verlegen, wenn das Brodeln unter der Oberfläche in Berlin genauso wirkungsvoll ist?

Nachdem das geklärt ist, mache ich mir Gedanken um die Protagonisten. Wer ist die Hauptperson? Wie viele Protagonisten wird es geben? Daraus folgernd: Wie viele Handlungsebenen? Außerdem: Wann sollen sich die Figuren über den Weg laufen? Auf welches Ziel hinaus werden sie agieren?
Damit stecke ich bereits voll und ganz in der Geschichte. All diese Fragen versuche ich vorab und grundsätzlich zu beantworten. Ich entwickle für jede Figur einen Handlungsstrang, und zwar nacheinander. Im Falle von »Inferno« erst einen Plot für Philip, dann für Beatrice, schließlich für Cato, zu guter Letzt Bischof de Gussa. Soweit zu Band 1. Für Band 2 kamen noch Priester Josef Kahlscheuer hinzu und ... Mehr möchte ich nicht verraten, sonst verliert Band 1 bereits an Reiz. Lesen Sie selbst.

Nachdem ich für jede der Personen die Handlung in Stichpunkten aufgeschrieben und diese in Kapitel aufgeteilt habe – möglichst mit einem Cliffhanger endend –, beginne ich, die einzelnen Kapitel der Figuren miteinander zu mischen. So erzeuge ich die eigentliche Spannung. Das heißt im Klartext: Der Leser liest am Ende nicht mehr die komplette Geschichte von Philip, sondern mal ein Kapitel Philip, dann Beatrice, dann Cato, dann wieder Philip, dann wieder Beatrice und so weiter und so fort. Aber das ist ja nicht wirklich neu. So etwas kennt man aus den meisten Romanen. Der Leser springt zwischen den Personen und Ereignissen hin und her. Das erhöht die Spannung.

Aber aufgepasst: Natürlich muss am Ende alles stimmen. Es darf keine zeitlichen Brüche geben. Schlimm wäre es beispielsweise, wenn Philip dienstags eine absonderliche Begegnung hat, im nächsten Kapitel Beatrice' Unglück montags geschildert wird. Das ist natürlich Unsinn. So kann es passieren, dass ich die Kapitel über Tage hin und her schiebe, nicht selten Kapitel inhaltlich verändern muss, weil ich merke, dass die eine oder andere Aktion eines Protagonisten im Zusammenspiel mit anderen plötzlich Nonsens ergibt. Doch am Ende passt dann alles 100-prozentig.

Kapitel für Kapitel hefte ich dann in einem Ordner ab, mit Massen von Notizen, Ergänzungen und ersten Formulierungen.

Erst dann beginnt das Handwerk. Ich schreibe. Das Schwierigste ist der erste Satz. Der erste Absatz. Das erste Kapitel. Für mich sind sie in der Regel die größte Hürde. Denn sie sollen den Leser in die Handlung entführen, mit den Protagonisten vertraut machen und möglichst nicht mehr loslassen. Ist diese Hürde geschafft, läuft es flüssig. Kapitel für Kapitel. Allerdings – und das ist das Besondere – nicht Kapitel für Kapitel, wie es der Leser später lesen wird, in abwechselnden Handlungsebenen, im Gegenteil, ich schreibe NUR für *eine* Person. Zuerst schreibe ich Philips Geschichte in Berlin. Spannend, wie die Geschichte sich entwickelt. Und ich kann eine gewisse Genugtuung nicht unterdrücken. So ungetrübt wird der Leser die Abenteuer Philips nachher nicht mehr lesen können. Immer wieder wird er an einem Cliffhanger stehen und sich ärgern. Wie geht die Geschichte bloß weiter?

Genauso gehe ich dann für die Handlung der zweiten Hauptperson, Beatrice in London, vor. Abermals Kapitel für Kapitel nehme ich mir ihre Geschichte vor. Dann die dritte, die vierte und die fünfte Hauptperson. Freilich kann es immer wieder vorkommen, dass sich in der Handlung was ändert. Viele Autoren berichten davon, dass ihre Hauptpersonen machen, was sie wollen, sie quasi beim Schreiben keinen Einfluss auf sie haben.
Hallo? Was sind denn das für Figuren? Und wer ist hier der Autor? Also, mir passiert das selten. Aber okay, wer mich kennt, der weiß, ich bin Pedant. Ein Ordnungsfanatiker. Ich muss alles bis ins Detail planen. Ich wäge im Vorfeld vieles sorgsam ab. Vor allem beim Schreiben. Insofern bleibt den Figuren nur wenig Raum für Eigenständigkeit. Ist aber nicht schlimm. Denn nur so handeln sie überlegt. Wäre doch schlimm, wenn mein Held von einem Fettnapf in den nächsten tritt, weil er unbelehrbar ist. Solche Leute gibt es ja. Aber in einem Roman dann doch eher selten.

Erst dann, wenn die Handlungsstränge aller Personen komplett geschrieben sind, mische ich die ausformulierten Kapitel nach meinem ursprünglichen Gerüst. Stets darauf achtend, dass auch wirklich der zeitliche Rahmen stimmt. Meist tut er das.

Wie schreibe ich? Ich finde, ein Thriller sollte eine spannende Geschichte werden. Logisch, sonst wäre es ja auch kein Thriller. Mein Grundprinzip ist: Es soll was passieren. Ich neige dazu, cineastisch zu schreiben. Das heißt, ich schreibe eine Geschichte, als würde ich einen Film gucken. Was wiederum bedeutet: Es muss was passieren. Das heißt nicht, dass es keine Passagen gibt, in denen man verschnaufen kann, durchatmen und das Erlebte verarbeiten. Diskussionen und Gespräche der Protagonisten sind durchaus erlaubt. Reflexion. Aber die Bilder müssen trotzdem vor dem Auge des Lesers voranschreiten. Zähflüssigkeit ist mir zuwider. Das langweilt.
Meinem Lektor, Hannes Windisch, gefällt diese Erzählweise. Bei unseren Diskussionen über das Manuskript fiel wiederholt der Name James Patterson, der in seinen Alex-Cross-Krimis bekanntlich die Kapitel schneller wechselt als deutsche Politiker ihre Versprechen – und das soll schon was heißen.
Patterson erzeugt mit dieser Form des Erzählens eine atemlose Spannung. Man fliegt förmlich über die Seiten hinweg und legt das Buch erst dann zur Seite, wenn man das Ende erreicht hat. Ich lese Patterson sehr gerne, und ich glaube, ein bisschen hat das auf mich abgefärbt. Ich erzähle ähnlich, sagt man mir zumindest. Das ist für mich ein großes Lob.

Ich arbeite seit 15 Jahren an Apple Macintosh. Damals war es ein Zufall, dass ich durch einen befreundeten Kollegen in einer Redaktion von Apple erfuhr. Zuvor hatte ich an einem PC von Schneider gearbeitet, der noch unter MS-DOS lief, schwarzer Monitor, grüne Schrift, Basic-Programmierung. Grauenhaft!
Am Apple gefiel mir auf Anhieb die benutzerfreundliche Oberfläche, die Einfachheit, mit der man ihn bedienen konnte. Ich kaufte mir selbst einen Mac, damals den »Pizzaschachtel« getauften LC 475. Der steht übrigens noch heute als Museums-

stück auf meinem Regal. Seitdem bin ich dem Mac treu geblieben. Er stürzt selten ab, vor Viren braucht man sich nicht fürchten, er macht alles das, was man will, und bietet lebenslange Treue. Heute arbeite ich an einem Powerbook G4 12", an das ich einen Apple 17"-TFT-Monitor angeschlossen habe und das beinahe alles steuert: Drucker, Scanner, Stereoanlage, DVD-Rekorder, Aufnahmegerät, Fotoalbum, Webprogrammierung, Internet, E-Mails – ach ja, und ganz nebenbei schreibe ich auch noch daran. Womit wir wieder beim Thema wären.

Ich schreibe von 14 bis 24 Uhr, plus minus. Zuvor stehe ich meist gegen 9 Uhr auf, jogge, gehe mit Hündin Badiva Gassi (beides zusammen geht leider nicht mehr, Badiva hat es mit den Gelenken), dann wird mit Freundin Bianca gefrühstückt. Gerade das genieße ich sehr, weil es in den meisten Fällen das entspannteste Zusammensein im Verlauf einer Arbeitswoche ist. Danach erledige ich viel Kleinkram: E-Mails beantworten, andere Texte schreiben, für Magazine wie *Lesen & Leute, Mr. Fantastik* oder eben *Phantastisch!*.
Ab 14 Uhr stöpsel ich das Telefon aus, schalte mein Handy ab, dann möchte ich nicht mehr gestört werden und mich in die Geschichte vertiefen. Was mir in der Regel gut gelingt. Irgendwann zwischendrin geh ich mit Badiva abermals eine große Runde Gassi, esse Abendbrot und gucke dabei meist die tägliche Episode der Simpsons. Das ist schon fast ein Ritual. Ohne Simpsons geht es nicht. Und wenn sie mal nicht auf Pro7 laufen, dann helfen die DVD-Collections aus. Anschließend geht es mit dem Schreiben weiter.
Nicht selten verliere ich mich so sehr in die Geschichte, dass eine Woche viel zu schnell vergeht. Dann stecke ich so sehr in der Geschichte, dass ich am liebsten alles stehen und liegen lasse.
Manchmal nimmt es allerdings auch manische Züge an. Denn in den Wochen, in denen ich schreibe, mag ich nur selten Unterhaltungen führen. Ich bin mit dem Kopf eh ganz woanders. Da passiert es dann sogar, dass ich lang vereinbarte Termine absage. Glücklicherweise kennen mich die Leute und nehmen es mir nicht krumm: »Wenn die Inspiration fließt, soll

man sie halt nicht stoppen«, hieß es erst vor wenigen Tagen, als ich ein Treffen absagte, weil ich lieber an Band 2 meiner *Inferno*-Trilogie weiterschreiben wollte.
Wozu man mich allenfalls überreden kann: eine Nacht in einem Berliner Techno-Club. Im Club wird nicht viel geredet. Nur Musik hören. Und tanzen. Das geht in Ordnung. Am nächsten Tag geht es dann weiter mit der Geschichte.

Es gibt Autoren, die können mittendrin einfach abbrechen, egal, an welchem Punkt der Geschichte sie stehen. Mir fällt das schwer. Ich muss das Gefühl haben, ein Kapitel erzählt zu haben, eine bestimmte Episode, Handlung, es muss irgendetwas zum Abschluss gebracht werden – und wenn es am Ende nur ein Absatz ist. Erst dann kann ich den Rechner ausmachen. Meist stelle ich mich dann noch für eine Stunde hinter die Plattenteller, höre mir neues Vinyl an, mixe die Scheiben zu einem elegischen Technomix zusammen und verliere mich dabei in der Musik (die Mixe kann man sich dann übrigens von meiner Website downloaden). Das brauche ich, das schafft Abstand zur Geschichte. Wäre das nicht so, würde ich keinen Schlaf finden, sondern die Geschichte fortwährend weiterspinnen. Und dann müsste ich aufstehen, mich an den Rechner setzen und weiterschreiben. Schreiben. Und schreiben.

Danksagung

Drei Jahre. Drei Romane. Das ist *Inferno*. Die Trilogie ist nicht nur auf meinem Mist gewachsen. Ich möchte daher einigen Menschen danken, die mir zur Seite standen und deren Verdienst es ebenfalls ist, dass Sie diese Trilogie in den Händen halten.

Zu allererst danke ich dem Verleger Frank Festa, dass er mir die Möglichkeit einräumte, *Inferno* zu schreiben. Dann danke ich Kai Meyer für seine lobenden Worte, die mich als Nachwuchs-Belletrist deutlich aufwerteten.

Ich danke meiner Freundin Bianca, die mich und meine Launen in nicht immer einfachen Zeiten ertrug. Ich danke meinen Eltern Thea und Heinz, die mich zu jeder Zeit unterstützen. Ich danke meiner Schwester, die einfach nur wunderbar ist. Ich danke meiner besten Freundin Anke und ihrer Tochter Celina, die mir immer ein offenes Ohr schenken. Und ich danke Regina und Harald für fünf nicht immer leichte, aber dennoch tolle Jahre.

Ich danke meinem Haus- und Hoflektor Hannes Windisch, ohne den *Inferno* niemals so gut geworden wäre, wie es jetzt ist. Und daran hat ohne Zweifel auch Heiko Richter großen Anteil, dessen Berufsrealismus einfach nur bestechend ist.

Euch allen danke ich von ganzem Herzen!
Marcel Feige

Leseprobe

384 Seiten, 9,90 Euro
ISBN 978-3-935822-99-2

David Williams hat den Auftrag angenommen, eine verrufene Villa aus dem 19. Jahrhundert zu renovieren. Zusammen mit seinem kleinen Sohn Danny zieht er in das alte Gemäuer, doch bereits in der ersten Nacht werden sie von unheimlichen Geräuschen geweckt – etwas Großes und Ruheloses bewegt sich oben auf dem Dachboden.
Damit beginnt der Albtraum aber erst: Existiert das Haus tatsächlich, oder ist es nur eine Spiegelung aus der Vergangenheit oder der Zukunft? Und sind es wirklich Geister, die das Haus heimsuchen?
David ist gleichermaßen abgestoßen und fasziniert, aber die Wahrheit ist weitaus grausiger, als er sie sich je vorzustellen vermochte …
Bestsellerautor Graham Masterton verneigt sich mit diesem großartigen Albtraum in Prosa vor H. P. Lovecraft, dem modernen Meister des Schreckens.

Amazon.de: »In den USA zählt Graham Masterton zu den Stars der Horrorszene. *Die Opferung* zeigt, warum.«

1.
Fortyfoot House

Kurz vor Sonnenaufgang wurde ich von einem verstohlenen, schlurfenden Geräusch aus dem Schlaf gerissen. Ich lag da und lauschte. Schlurf. Dann wieder. Schlurf, schlurf, schlurf. Anschließend Stille.

Die dünnen mit Blumenmustern verzierten Vorhänge vor dem Fenster wurden von einer schwachen Brise bewegt, die auch die Fransen des Lampenschirms zucken ließ wie die Beine eines von der Decke herabhängenden Tausendfüßlers. Ich lauschte, so intensiv ich nur konnte, aber ich vernahm nur die rauschende See und das geschwätzige Flüstern der Eichen.

Wieder ein Schlurfen. Diesmal aber so weit entfernt und so schnell, dass es alles Mögliche hätte sein können, vielleicht ein Eichhörnchen auf dem Dachboden oder eine Schwalbe unter dem Dachgiebel.

Ich drehte mich um und vergrub mich tief in die glatte Satinbettwäsche. In fremden Häusern schlafe ich immer schlecht – seit Janie mich verlassen hatte, schlief ich nirgends mehr gut. Nach der gestrigen Fahrt von Brighton, nach dem Übersetzen von Portsmouth hierher und nach einem ganzen Nachmittag, den ich damit verbrachte, Koffer auszupacken, war ich todmüde.

Danny war in der Nacht auch zweimal aufgewacht. Zuerst, weil er Durst hatte, und später, weil er sich fürchtete. Er sagte, er habe irgendetwas auf der anderen Seite seines Schlafzimmers gesehen, etwas Zusammengekauertes und Dunkles, aber es waren nur seine Kleider gewesen, die über der Stuhllehne hingen.

Mir fielen die Augen zu, aber ich konnte nicht einschlafen, sosehr ich auch wollte. Ich hätte alles dafür gegeben, eine Nacht, einen Tag und, ja, noch eine Nacht einfach nur durchzuschlafen. Ich döste nur, und einen Moment lang träumte ich, dass ich wieder in Brighton war, dass ich unter einem grauen Himmel durch die Straßen von Preston Park ging, entlang an Terrassen aus roten Ziegelsteinen. Ich träumte, dass ich jemanden aus meiner Parterrewohnung eilen sah, eine große männliche Gestalt mit langen Beinen, die mir ihr spitzes weißes Gesicht zuwandte und mich anstarrte, um dann davonzurennen. ›Der Schneider aus dem Struwwelpeter, der dem Daumenlutscher die Daumen abschneidet‹, schoss es mir durch den Kopf. ›Es gibt ihn wirklich.‹

Ich versuchte, ihm nachzulaufen, aber auf irgendeine Weise hatte er es geschafft, auf die andere Seite des Zauns zu gelangen, der sich um den Park zog. Blassgraues Gras, Pfaue, die wie misshandelte Kinder schrien. Ich konnte nichts anderes machen, als auf meiner Seite des Zauns neben ihm herzulaufen und darauf zu hoffen, dass er immer noch in Sichtweite sein würde, wenn ich endlich ein Tor erreichte.

Mein Atem dröhnte wie Donner in meinen Ohren. Meine Füße klatschten wie die eines Clowns auf dem geteerten Weg. Ich sah aufgeblasene Gesichter, weiße Ballons mit menschlichem Antlitz, die mich angrinsten. Und ich hörte ein kratzendes, schlurfendes Geräusch, so als wäre ein Hund dicht hinter mir, dessen Pfoten auf dem Asphalt ein leises Klicken verursachten. Ich drehte mich um, und mit einem Mal war ich wach. Ich hörte ein wildes, lärmendes Umhereilen, viel lauter als von einem Eichhörnchen oder einem Vogel.

Ich befreite mich aus der Decke und setzte mich auf. Die Nacht war heiß gewesen, und meine Laken waren zerknittert und schweißgetränkt. Ein weiteres schwaches, zögerliches Kratzen war zu hören, dann herrschte wieder Stille.

Ich nahm meine Uhr vom Nachttisch. Es war noch nicht hell, aber das wenige Licht genügte, um zu sehen, dass es 5.05 Uhr war. Jesus!

Ich schleppte mich aus dem Bett und ging hinüber zum Fenster und zog die Vorhänge auf. Der Himmel war so weiß wie Milch, und hinter den Eichen zeigte sich auch die See in einer milchig weißen Färbung. Das Fenster meines Schlafzimmers war nach Süden ausgerichtet. Von hier konnte ich den größten Teil des zur See hin abfallenden Gartens sehen, die vernachlässigten Rosenbeete, die Sonnenuhr, dahinter die Stufen, die hinunterführten zum Fischteich, und den Weg, der danach im Zickzack zwischen den Bäumen bis zum hinteren Gartentor verlief.

Danny hatte bereits herausgefunden, dass es von diesem Gartentor bis zur Küste nur ein kurzer, steil abfallender Spaziergang war, der an einer Reihe hübscher kleiner Cottages mit Blumenkästen voller Geranien auf jeder Fensterbank entlangführte. Am Strand: Steine, eine schaumige Brandung, an Land getriebener Tang und ein kühler salziger Wind, der von Frankreich herübergeweht kam. Wir waren am Abend zuvor dort hinabgestiegen, hatten uns dann den Sonnenuntergang angesehen und mit einem Fischer aus dem Dorf gesprochen, der Schollen und Heilbutt fing.

Weiter links vom Garten, am anderen Ufer eines schmalen überwucherten Bachs, stand eine zerfallene Steinmauer, dick mit Moos überzogen. Von der Mauer fast völlig verdeckt wurden sechzig bis siebzig Grabsteine – Kreuze und weinende Engel – und eine kleine gotische Kapelle, deren Fenster kein Glas mehr aufwiesen und deren Dach vor langer Zeit eingestürzt war.

Laut Mr. und Mrs. Tarrant hatte die Kapelle einst Fortyfoot House und dem Dorf Bonchurch gedient, doch mittlerweile fuhren die Bewohner zum Gottesdienst nach Ventnor, falls sie sich überhaupt irgendwohin in eine Kirche begaben. Fortyfoot House stand leer, seit die Tarrants ihr Fliesengeschäft verkauft hatten und nach Mallorca ausgewandert waren.

Ich fand den Friedhof nicht besonders unheimlich, eher traurig, weil man ihn so hatte verkommen lassen. Hinter der Kapelle erhoben sich die dunklen, einer Zirruswolke ähnlichen Umrisse einer riesigen uralten Zeder, einer der größten, die ich je gesehen hatte. Etwas an diesem Baum verlieh der Landschaft eine Aura der Erschöpfung und des Bedauerns, dass es nie wieder so sein würde wie früher. Aber irgendwie verlieh er auch eine Aura der Kontinuität.

Um diese Zeit am frühen Morgen war der Garten so farblos wie alles andere auch. Fortyfoot House sah so aus wie auf dem alten Schwarzweißfoto von 1888, das im Flur hing. Das Bild zeigte einen Mann, der mit einem schwarzen Zylinder und einem schwarzen Frack im Garten stand. Mir war, als könnte er jeden Augenblick zurückkehren, genau so, wie er dort zu sehen war, farblos, streng, mit einem Backenbart und den Blick starr auf mich gerichtet.

Ich konnte mir eigentlich einen Kaffee machen; sinnlos, zu versuchen, noch etwas länger zu schlafen. Die Vögel hatten zu zwitschern begonnen, und die Finsternis zog sich so rasch zurück, dass ich schon die schlaffen Tennisnetze auf der anderen Seite des Rosengartens, das mit Flechten überzogene Gewächshaus und die verwilderten Erdbeerbeete erkennen konnte, die im Westen an Fortyfoot House grenzten.

»Ich hoffe, dass es Ihnen Spaß macht, Mr. Williams, Ordnung im völligen Chaos zu schaffen«, hatte mich Mrs. Tarrant gefragt und durch ihre kleine Sonnenbrille auf ihren Garten geblickt. Ich hatte den Eindruck gewonnen, dass sie Fortyfoot House nicht sehr mochte, auch wenn sie immer und immer wieder erklärt hatte, wie sehr sie es vermisse.

Ich öffnete vorsichtig die Schlafzimmertür, um Danny nicht aufzuwecken, der im Zimmer nebenan schlief, dann schlich ich leise durch den schmalen Flur im Obergeschoss. Egal, wo ich hinsah, überall entdeckte ich etwas, das für mich Arbeit bedeutete. Feuchtigkeit hatte auf der blassgrünen Tapete große Flecken hinterlassen, die Deckenfarbe schälte sich ab, die Fensterbretter waren verrottet. Die Heizkörper waren undicht, die Ventile mit Kalk überzogen. Das gesamte Haus roch verwahrlost.

Ich erreichte die oberste Stufe der steilen, schmalen Treppe und wollte gerade nach unten gehen, als ich das Schlurfen erneut hörte – es war mehr ein *Huschen* als ein Schlurfen. Ich zögerte. Es klang so, als komme das Geräusch vom Dachboden. Nicht vom Dachvorsprung, was ich erwartet hätte, wenn es nistende Vögel gewesen wären. Sondern von der Mitte des Dachbodens, fast so, als habe sich etwas diagonal über den Fußboden bewegt.

Eichhörnchen, dachte ich. Ich hasse Eichhörnchen. Sie sind so zerstörerisch, und sie fressen ihre Jungen auf. Vermutlich hatten sie den gesamten Dachboden übernommen und ihn zu einem riesigen stinkenden Eichhörnchenreich gemacht.

Neben dem Treppenabsatz gab es eine kleine mit Tapete beklebte Tür, die nicht direkt ins Auge fiel. Mrs. Tarrant hatte mir gesagt, dass dies der einzige Zugang zum Dachboden sei, auf dem sie auch nur wenige Möbelstücke eingelagert hatten.

Ich öffnete die Tür und spähte hinein. Der Speicher war stockfinster, und der Luftzug wehte mir von Trockenfäule geprägte, stickige Luft entgegen. Ich horchte, konnte aber nur den Wind hören, der sich unter den Dachziegeln fing. Das Kratzen war wieder verstummt.

In der Nähe der Tür ertastete ich einen altmodischen braunen Lichtschalter, doch egal, wie oft ich ihn betätigte, es passierte nichts. Entweder war die Glühbirne durchgebrannt oder die Leitungen waren verrostet. Vielleicht hatten auch die Eichhörnchen die Kabel durchgebissen. Am gegenüberliegenden Treppenabsatz sah ich einen großen Spiegel, den ich so ausrichtete, dass er das wenige Sonnenlicht des frühen Morgens reflektierte und wenigstens die ersten Stufen der auf den Dachboden führenden Treppe schwach beleuchtete. Ich fand, dass es eine recht gute Idee war, mich zumindest einmal schnell umzusehen, damit ich wusste, mit wem oder was ich es zu tun hatte. Ich hasse Eichhörnchen, aber sie sind mir immer noch lieber als Ratten.

Ich zog den Teppich aus dem Flur herüber, damit er die Tür zum Speicher daran hinderte, hinter mir zuzufallen, dann betrat ich vorsichtig die ersten drei Stufen. Sie waren extrem steil und mit dickem braunen Filz belegt, wie ich ihn seit zwanzig Jahren bestimmt nirgends mehr gesehen hatte. Der Luftzug wehte mir beständig entgegen, aber es war keine frische Luft, eher wie verbrauchter Atem, so als *atme der Dachboden aus.*

Auf der vierten Stufe hielt ich kurz inne, um wieder zu horchen, gleichzeitig konnten sich meine Augen an den schwachen Lichtschein gewöhnen. Es überraschte mich, dass zwischen den Dachziegeln kein einziger Lichtstrahl hindurchdrang. Offenbar befand sich das Dach noch immer in gutem Zustand. Das bleiche Licht, das der Spiegel reflektierte, war keine große Hilfe, aber ich konnte immerhin einige Umrisse auf dem Dachboden ausmachen. Etwas, das aussah wie ein Sessel. Etwas, das aussah wie ein kleiner Schreibtisch. Im Winkel zwischen Fußboden und Dach etwas, bei dem es sich um einen Berg alter Kleidung handeln mochte, das aber ebenso gut ein sonderbar geformtes Möbelstück unter einem Laken sein konnte.

Es hing Trockenfäule in der Luft. Das roch ich. Aber es war auch noch ein anderer Geruch da. Ein schwacher süßlicher Geruch wie der von Gas oder von einem verwesenden Vogel, der sich in einem Kamin verfangen hatte. Ich konnte nicht sagen, was es war, aber zumindest, dass ich diesen Geruch nicht mochte. Ich beschloss, später noch einmal mit einer Taschenlampe hierherzukommen, um der Sache auf den Grund zu gehen.

Gerade wollte ich wieder nach unten gehen, als ich erneut das Scharren hörte. Es kam aus der Ecke, die am weitesten von mir entfernt und wo der Dachboden am dunkelsten war. Hier oben war das Geräusch schwerer, es hatte mehr Substanz – nicht das, was ein Eichhörnchen oder ein Vogel verursachen würde. Es ließ eher an einen großen Kater oder eine sehr große Ratte denken oder sogar an einen Hund. Allerdings konnte ich mir nicht vorstellen, wie ein Hund auf den Dachboden hätte gelangen sollen.

»Psssssttt!«, zischte ich in die Richtung, um das Tier zu erschrecken.

Das Kratzen brach abrupt ab, jedoch nicht, um sich erschrocken und überhastet zurückzuziehen, sondern eher auf eine Weise, als wolle das Geschöpf abwarten, um herauszufinden, was ich als Nächstes machen würde. Ich lauschte intensiv, und einen Augenblick lang glaubte ich, ein raues Atmen zu hören, aber das war wohl nur der Wind.

»Psssssttt!«, wiederholte ich, diesmal noch nachdrücklicher.

Es kam keine Reaktion. Ich hatte keine Angst vor der Dunkelheit, und ich hatte auch keine große Angst vor Tieren, nicht einmal vor Ratten. Ich hatte einen Freund, der in London für Islington Council Ratten fing. Einmal hatte er mich kilometerweit durch die Kanalisation geführt und mir schmierig graue Ratten gezeigt, die durch die Fäkalien der Menschen schwammen. Ich glaube, danach gab es nichts mehr, was mir Angst einjagen konnte.

»Sie haben uns eine Woche lang im Chigwell Reservoir trainieren lassen«, hatte mein Freund gesagt, »damit wir einen menschlichen Körper sofort erkennen können.«

»Ihr braucht eine Woche Training?«, hatte ich ihn ungläubig gefragt.

Ich erklomm die letzte Stufe, machte einen großen Schritt und starrte weiter in die Dunkelheit. Am anderen Ende des Dachbodens konnte ich eine Gestalt ausmachen, aber ganz sicher war ich mir nicht.

Sie war nicht so groß wie ein erwachsener Mann, es *konnte* gar kein Erwachsener sein, dafür war zwischen Dach und Boden kein Platz mehr. Aber auch kein Kind, denn dafür wirkte sie zu klobig. Andererseits existierte auch keine derart große Katze.

Nein, meine Augen spielten mir sicher einen Streich. Es war vermutlich nichts Unheimlicheres als ein alter Pelzmantel, der über einem Stuhl lag. In der Dunkelheit sah ich Formen und sich bewegende Schatten, wo sich nichts befinden oder bewegen konnte. Ich sah, wie durchsichtige Kügelchen vor meinen Augen hin und her schwirrten, Staub oder Tränen.